Nos cœurs invincibles

Tala Albanna Michelle Amzalak

Nos cœurs invincibles

Correspondance entre une étudiante à Gaza
et une étudiante en Israël

Présentée par
Dimitri Krier

Flammarion

Les éditions Flammarion et Le Nouvel Obs remercient
Mehdi Benyezzar et Xavier Lucas pour la réalisation
de la carte qui enrichit et éclaire ce livre.

Les lettres de Tala et Michelle ont été traduites de l'anglais
par Dimitri Krier.

ISBN : 978-2-0801-4660-1

Préface

Le samedi 7 octobre 2023 est arrivé comme une déflagration. Je venais de commencer à travailler au service étranger du *Nouvel Obs*. Je rentrais de Beyrouth, où j'avais passé plusieurs mois au sein de la rédaction de *L'Orient-Le Jour*, mon premier travail de journaliste au cœur du Moyen-Orient, une région qui me fascine depuis longtemps. J'avais écrit mes premiers articles sur Israël, sur les fractures grandissantes au milieu d'une société plus que jamais polarisée depuis l'arrivée au pouvoir du gouvernement le plus à droite de son histoire, et sur son leader, Benyamin Netanyahou, aussi décrié qu'adulé. Auparavant, j'avais parcouru Jérusalem, visité la mosquée al-Aqsa, flâné sur les plages et dans les bars de Tel-Aviv. J'avais découvert un pays où, quand une alerte aux missiles retentit, certains continuent de danser dans les bars, d'autres descendent précipitamment au sous-sol, leurs enfants dans les bras, pour se mettre à l'abri. Un pays où l'on peut boire un café sur son balcon et entendre le bruit sourd d'un missile intercepté dans les airs. Un pays où on peut croiser une jeunesse vagabonde aux allures bohèmes, fumant des joints face au coucher du soleil sur les hauteurs arides de la mer Morte, des soldats en uniforme patrouillant les rues, fusil M16 en bandoulière, et des familles de fidèles, fronts collés à la pierre du Mur des lamentations. De Gaza, territoire bouclé depuis 2007 et la prise du pouvoir du Hamas, je connaissais les reportages qui décrivaient une prison à ciel ouvert de 360 kilomètres carrés, un territoire sans fenêtre sur le monde, sans aéroport, aux frontières maritimes et terrestres strictement contrôlées par Israël. Mais c'était aussi une enclave où les universités et bibliothèques affichaient complet, et où le taux d'alphabétisation figurait parmi les plus élevés du monde arabe. Poètes, écrivains, musiciens, journalistes, sportifs y racontaient l'histoire de leur peuple, de leur terre. Et d'une génération entière, forgée au traumatisme et aux guerres successives avec Israël, rompue aux pénuries, aux difficultés économiques, aux arrestations et exécutions perpétrées par le régime autoritaire du Hamas.

Nous avons tout de suite su que le 7-Octobre n'était pas un incident de plus dans le conflit israélo-palestinien, mais un tournant historique. Pour la première fois depuis sa création en 1948, Israël était attaqué massivement sur son sol par des combattants palestiniens. Sur des pick-up, des parapentes motorisés ou à pied, des hommes masqués, venus tuer et enlever autant de civils qu'ils le pouvaient, se sont infiltrés dans le sud d'Israël. Alors que des milliers de roquettes tirées sur l'État hébreu depuis la bande de Gaza zébraient le ciel, ils ont fondu sur les routes entourant l'enclave, surgissant dans une dizaine de localités. Dans des kibboutz et des villes du sud du pays, les terroristes islamistes du Hamas ont pourchassé de quartier en quartier, de maison en maison des Israéliens, réunis en famille en cette semaine de fêtes religieuses. Dans une rave-party du festival Nova [1], où des milliers de jeunes dansaient encore au rythme de la techno au petit matin dans des champs à quelques kilomètres de Gaza, ils ont débarqué, semé la terreur, et se sont déchaînés. Pendant des heures, des milliers d'Israéliens, entassés dans des abris anti-missiles, cachés sous des piles de corps ou des buissons, ont observé des barbares abattre les leurs. Certains ont été tués, violés, démembrés, calcinés… Une journée atroce. Un acte délibéré

1. Le festival Nova s'est déroulé près de la ville de Réïm.

d'extermination. Le plus grand massacre d'Israéliens de l'histoire de l'État hébreu.

Ces derniers mois, d'anciens officiers, inquiets de voir la puissance militaire d'Israël s'affaiblir sous un gouvernement composé de suprémacistes et d'ultra-nationalistes aux ambitions fanatiques dévorantes, avaient eu beau alerter le Premier ministre Benyamin Netanyahou sur une éventuelle attaque imminente du Hamas – qui constituait des stocks de munitions et préparait une force d'assaut –, rien n'y a fait. Le mur de 65 kilomètres de long séparant l'État hébreu de la bande de Gaza, équipé de centaines de radars, capteurs et caméras, n'a pas tenu. Et le mythe de la forteresse israélienne imprenable est tombé. Les 1 195 morts, dont 815 civils, de ce 7-Octobre, et les 251 otages capturés par le Hamas – hommes, femmes, enfants, civils et militaires – ont violemment remis sur le devant de la scène le conflit presque éternel que connaît cette terre deux fois promise, dont les racines remontent à plus d'un siècle.

La réponse de l'armée israélienne sur Gaza a été immédiate, impitoyable, dévastatrice. Dès le 8 octobre, le territoire palestinien a été bombardé sans merci. Près de deux millions d'habitants ont été sommés de quitter leur habitation et de fuir au sud de l'enclave. Israël a envahi la bande de Gaza et imposé un siège militaire. L'acheminement de l'eau potable, de la nourriture et de l'électricité a été interrompu. Vingt et un mois plus tard, Gaza n'est plus qu'un bout de terre rasé de la carte, anéanti, décimé, fragmenté par de nouveaux corridors contrôlés par Tsahal, et détruit à plus de quatre-vingt-dix pour cent : hôpitaux, écoles, édifices religieux, bâtiments d'habitation… Les Gazaouis sont soumis à des privations extrêmes, à une insécurité alimentaire aiguë, à une famine, dénoncent des dizaines d'ONG, et voués à des déplacements forcés incessants. Selon un bilan du ministère de la Santé du Hamas, considéré comme fiable par les Nations unies, près de 60 000 Gazaouis ont été tués à ce jour, dont près de 19 000 enfants, et plus de 140 000 ont été blessés. Soixante pour cent des victimes sont des femmes et des enfants [2]. La prison s'est muée en cimetière à ciel ouvert.

2. « Gaza Death Toll Passes 60,000: "No One Asks How Many Died, Only Who Survived Today" », *Ha'aretz*, 29 juillet 2025, https://www.haaretz.com/israel-news/2025-07-29/ty-article/.premium/gaza-death-toll-passes-60-000-no-one-asks-how-many-died-only-who-survived-today/00000198-5509-d669-a99d-7dbf10aa0000 (source citée par l'Association France Palestine Solidarité).

Des arbres généalogiques ont été démembrés et des branches familiales entières effacées. Étudiants, photographes, bébés, chirurgiens, ambulanciers, professeurs, pompiers, chauffeurs, poètes, écrivains… Depuis le début de la guerre, 1 400 professionnels de santé ont été tués à Gaza [3], et plus de 200 journalistes [4] malgré leur non-implication dans les combats. Un désastre humanitaire.

Personne n'échappe au tourbillon infernal dans lequel est engagé le Moyen-Orient depuis le 7-Octobre. Une spirale de violence, de vengeance et d'hubris, alimentée en grande partie par un Netanyahou indéboulonnable, désormais visé par un mandat d'arrêt de la Cour pénale internationale à La Haye pour crimes de guerre et crimes contre l'humanité. Depuis, l'État hébreu compte toujours ses victimes. Cinquante citoyens – 27 sont considérés comme morts [5], tués par leurs geôliers ou sous les bombes – restent otages à Gaza, dans des conditions épouvantables, près de deux ans après leur

3. Selon Médecins sans frontières (MSF).
4. Selon Reporters sans frontières (RSF).
5. « How many hostages are left in Gaza? », The Associated Press, 22 juin 2025, https://apnews.com/article/israel-palestinians-gaza-hamas-war-hostages-released-76f4aef0816546f5048ca881bcd32e4b

enlèvement. Une torture pour les familles. Une douleur innommable pour toute une nation qui peine toujours à panser les plaies du 7-Octobre. Ce jour où tout un peuple s'est vu dénier son droit d'exister ensemble. Ce jour qui a entraîné une onde de choc mondiale, provoqué un regain d'antisémitisme, et des récupérations politiques de tous ordres. Tandis qu'une partie du monde accuse depuis Israël de commettre un génocide contre le peuple palestinien.

Comment raconter cette guerre ? Journalistes, nous nous sommes très rapidement confrontés au fait qu'Israël interdit tout accès aux médias dans la bande de Gaza. Un blocage majeur pour la presse. Pour décrire la réalité, pour en rendre compte, il nous faut des visages, des mots entendus, des moments perçus, des interviews, des témoignages, des faits. Nous étions réduits à contacter des Palestiniens de Gaza, tôt le matin ou tard le soir, lorsque quelques barres de réseau apparaissaient sur leur téléphone. Alors que Gaza s'enfonçait dans une guerre à huis clos, il nous fallait redoubler d'efforts pour continuer de raconter à nos lecteurs le drame qui se joue dans l'enclave.

Peut-être parce que j'ai moi-même vingt-six ans, j'ai très vite essayé de porter la voix de la jeunesse, emportée dans cette tragédie, écrasée par le vacarme des armes. Cinquante pour cent des Israéliens et soixante-dix pour cent des Gazaouis ont moins de trente ans. Je me suis lancé à la recherche, sur les réseaux sociaux, sur internet, et en sollicitant des contacts personnels, de témoignages de cette jeunesse en guerre, prisonnière d'un conflit inextricable. En décembre 2023, j'ai ainsi donné la plume à quatre jeunes femmes – deux Israéliennes et deux Palestiniennes – qui acceptaient de rédiger chacune un texte pour notre journal. Nowar Diab, étudiante à l'université al-Azhar, racontait sa fuite de Gaza City avec pour seules affaires un pantalon, une chemise et un sachet de nouilles, pensant que l'exil serait bref. Deux mois plus tard, elle se retrouvait à l'extrême sud de Gaza, près de la frontière avec l'Égypte, réfugiée sous une tente, bien loin de son appartement, où sa longue robe de bal bleue à paillettes l'attendait pour sa cérémonie de diplôme. Rebecca A., jeune développeuse informatique israélienne à Jérusalem, confiait être hantée par les yeux de Kfir Bibas, ce bébé de dix mois pris en otage par le Hamas le 7-Octobre. Tala Albanna, une jeune Palestinienne, évoquait son amour perdu pour les jours de pluie, l'odeur de la terre, du goudron et des arbres mouillés, le bruit des gouttes d'eau sur ses fenêtres… Des sensations étouffées par les bombardements, les sirènes, les cris et recouvertes par l'odeur du sang, de la poudre et du moisi. Enfin, Maïa, étudiante israélienne basée au Royaume-Uni, racontait son retour dans un pays transformé, paralysé, rempli de soldats et de fusils, bouleversé et encore terrorisé par l'attaque du Hamas.

Ces témoignages étaient forts et émouvants. J'étais fier de les voir publiés sur le site du *Nouvel Obs*, de donner la parole à ces quatre jeunes femmes. Mais j'ai aussi constaté qu'aucune d'elles ne mentionnait l'autre. Ce voisin, ces voisines avec qui elles partagent pourtant une terre. Ce voisin, responsable de leur souffrance. Aucune ne semblait capable de savoir, et encore moins de comprendre, ce qui se passait de l'autre côté de la frontière. Deux camps meurtris, nourris par un désir de revanche et de vengeance. Deux camps qui comptent leurs morts.

C'est ainsi que l'idée m'est venue : et si elles s'écrivaient ? Et si chacune lisait les mots de l'autre, puis y répondait ? Le contexte semblait plus tendu que jamais, mais je savais que des échanges similaires avaient déjà existé par le passé. Je me mis à chercher des correspondances entre Israéliens et Palestiniens dans l'histoire. Plusieurs, réelles, littéraires ou fictionnelles, ont déjà vu le jour. Je tombais sur *Lettres à mon voisin palestinien*, une série de lettres écrites par Yossi Klein Halevi, écrivain et journaliste israélien, adressées à un voisin palestinien imaginaire de l'autre côté de la colline de Jérusalem-Est. Le début de sa lettre me bouleversa.

> Je vous appelle « voisin » parce que je ne connais ni votre nom ni rien de personnel à votre sujet. Dans les circonstances qui sont les nôtres, le mot « voisin » est peut-être trop familier pour décrire notre relation. Nous sommes des intrus dans les rêves l'un de l'autre, des profanateurs du sentiment de chez-soi de l'autre. Nous sommes les incarnations vivantes des pires cauchemars historiques de l'autre. Voisins ? Mais je ne sais pas comment vous appeler autrement. J'ai cru un jour que nous finirions par réellement nous rencontrer, et je vous écris avec l'espoir que cela soit encore possible. Je vous imagine dans votre maison, quelque part sur la colline d'en face, juste au-delà de ma terrasse. Nous ne nous connaissons pas, mais nos vies sont liées. Nous sommes pris au piège, vous et moi, dans un cycle apparemment sans issue [...] Quel autre choix avons-nous que de partager cette terre ? Et par là,

j'entends : la partager dans les faits comme dans la pensée. Nous devons apprendre à accueillir les récits de l'autre. C'est pourquoi je persiste à vous écrire, pourquoi j'essaie de tendre la main à travers le petit espace – et l'immense abîme – qui sépare votre colline de la mienne [6].

Je découvris ensuite l'histoire de Daniela Norris, ancienne conseillère à la Mission permanente d'Israël, et de Shireen Anabtawi, membre de la délégation palestinienne à l'ONU. Après s'être rencontrées à Genève, ces deux femmes retrouvèrent chacune leur foyer – l'une à Tel-Aviv, l'autre à Ramallah – avant d'entamer une correspondance épistolaire qui dura dix-huit mois, entre 2008 et 2009.

Il y avait aussi le roman *Une bouteille dans la mer de Gaza*, écrit par Valérie Zenatti en 2005. Ce récit fictif met en scène la correspondance par e-mail entre Tal, une adolescente israélienne, révoltée par la violence et le conflit israélo-palestinien, et Naïm, un jeune Palestinien de Gaza. Un échange initié par une lettre déposée dans une bouteille jetée à la mer.

6. Yossi Klein Halevi, *Letters to my Palestian Neighbor*, Harper Perennial, New York, 2018. Cet ouvrage n'a pas été publié en France à ce jour. L'extrait a été traduit par Dimitri Krier.

Vingt ans après, ce texte, bien que fictif, restait profondément actuel. Comment, depuis le 7-Octobre, une conversation entre un Israélien et un Gazaoui pouvait-elle être établie ? En face à face, c'était impossible ; par les réseaux sociaux et téléphones, dangereux, les lignes téléphoniques étant sous haute surveillance. À l'ère des smartphones et des nouvelles technologies, le format épistolaire semblait finalement toujours pertinent. J'optai donc pour cette forme lente, à rebours de l'instantanéité médiatique – nous savions déjà que la guerre pouvait durer –, qui permettrait aux deux protagonistes de prendre le temps de réfléchir, d'analyser, de coucher sur le papier des pensées plus intimes, et peut-être même de mieux comprendre l'autre. Ce projet épistolaire portait aussi l'idée de créer un pont entre deux peuples séparés par un mur. Je savais qu'il s'inscrivait dans l'histoire du *Nouvel Obs*, un journal qui a toujours eu à cœur de faire entendre la voix des deux camps et à soutenir un discours de paix.

Restait à trouver les deux protagonistes. Toujours attaché à l'idée de faire entendre la jeune génération, celle qui n'a connu que des bellicistes au pouvoir dans leurs pays, je décidai d'en parler à Tala Albanna, la Palestinienne de Gaza de vingt ans avec laquelle j'étais en contact et qui avait déjà écrit pour *Le Nouvel Obs*. J'avais lu plusieurs de ses textes publiés sur le site anglophone We are not Numbers (Nous ne sommes pas des nombres), cofondé en 2014 par un journaliste américain et le poète Refaat Alareer – assassiné par les forces israéliennes en 2023 – en collaboration avec l'association Euro-Mediterranean Human Rights Monitor (Observatoire euro-méditerranéen des droits de l'homme). Ce collectif forme à l'écriture plusieurs jeunes Palestiniens de Gaza.

Tala est une jeune femme brillante, étudiante en droit à l'université al-Azhar, écrivaine et militante pour les droits humains. Issue d'une famille de classe moyenne, aînée d'une fratrie de six enfants, elle est la petite-fille d'Ahmad, une figure de l'Autorité palestinienne qui a contribué à l'installation de son siège à Gaza et en Cisjordanie à la suite des accords d'Oslo de 1993, et la fille d'Imad, un employé de l'administration gazaouie, suspendu de son poste après la prise du pouvoir par le Hamas. Une famille engagée pour sa patrie et pour la paix. Depuis le 7-Octobre, pour fuir les bombardements et l'invasion terrestre de l'armée israélienne, elle a dû quitter son quartier de Gaza City, au nord de l'enclave, laissant derrière elle sa maison, son café préféré, le Baba Roti, où elle révisait ses leçons de droit et lisait son roman de cœur, *Les Matins de Jénine*, écrit par la Palestino-Américaine Susan Abulhawa. C'est donc à cette jeune femme, qui se décrit comme un rat de bibliothèque, dévorant tous les livres qu'elle trouve, férue de broderie palestinienne et de thé vert, aussi coquette – elle adore se vernir les ongles et prendre soin de son visage – qu'ambitieuse – elle rêve d'étudier un jour à l'université d'Oxford au Royaume-Uni –, que je proposai ce projet, et lançai, moi aussi, une bouteille à la mer.

3 mars 2024, 11 heures :
Salut Tala. J'espère que tu es en sécurité. J'ai une proposition pour toi. Je ne sais pas si tu vas accepter, mais je me lance ! J'aimerais créer une conversation entre toi et une Israélienne de ton âge afin que vous puissiez dialoguer sur vos situations respectives. Tu ne parleras pas directement avec elle, vous communiquerez par lettres numériques qui passeront par moi via WhatsApp. Les conversations seront publiées sur le site de notre journal. Tu pourras raconter l'histoire de ton peuple, ce qui te met en colère, t'effraie, ce que tu comprends de cette guerre, et ce que tu ne comprends pas. Tu auras le droit de lui poser des questions, et d'exprimer tes inquiétudes. La

seule règle est que les conversations doivent rester respectueuses. Qu'en penses-tu ?

Tala, qui n'avait jamais discuté avec un Israélien, a longuement hésité avant de me donner une réponse. Elle s'est demandé ce que ses proches penseraient s'ils lisaient ces échanges, si elle risquait d'être accusée de collaboration avec l'État d'Israël. Elle a pris conseil auprès de ses amis, qui l'ont avertie : *Tes mots finiront par être utilisés contre toi.* Elle en a parlé à sa famille, notamment à son père, qui, dans son enfance, avait côtoyé des Israéliens et était resté convaincu qu'il valait mieux la négociation que l'affrontement, qu'il était illusoire de tout vouloir résoudre par la force. *Personne ne peut comprendre sans connaître un peu l'autre*, s'est-elle dit. Et puis, il y avait ce manque, ce deuil qui ne sera jamais vraiment clos : celui de Yousif Dawas, son ami de l'université tué le 14 octobre 2023 par une bombe israélienne. Le dernier pour lequel elle avait encore eu la force de pleurer. Depuis, les morts se sont enchaînés. Il a fallu survivre, trouver de quoi manger, un abri, un semblant de stabilité. « Si l'Israélienne a souffert de cette guerre comme moi je souffre, je veux bien lui parler, partager avec elle mon point de vue. Après tout, on a été élevées pour se détester, mais je suis curieuse de voir si l'on a quelque chose en commun », m'a-t-elle confié dans un message vocal le lendemain, tout en m'enjoignant de lui demander de ne pas partager ses informations privées avec d'autres Israéliens.

Quelques jours plus tard, j'écrivais à Michelle Amzalak. C'est sur cette Israélienne de vingt-quatre ans, originaire de Sdérot, la ville israélienne la plus proche de Gaza, trouvée par le biais d'une connaissance personnelle, que s'était porté mon choix pour cette correspondance. Née à Jérusalem, Michelle est étudiante en droit. Elle a grandi dans ce que certains appellent « le camp de la paix », fréquentant une école mixte, la seule en Israël où enfants juifs et palestiniens étudient ensemble. Bien qu'elle porte le passé douloureux de sa famille – ses parents maternels ont été persécutés au Maroc en raison de leur judaïsme –, elle reconnaît la souffrance des Palestiniens causée notamment par la Nakba – l'exode forcé de 700 000 Palestiniens lors de la création d'Israël en 1948. Elle comprend aussi l'urgence et le droit pour les Juifs de trouver refuge afin d'échapper aux persécutions. Michelle est une Israélienne de gauche attachée à son pays, issue d'une famille implantée en Israël depuis dix générations. Elle exècre Benyamin Netanyahou et ses alliés d'extrême droite au gouvernement, se révolte face à chacune de leurs déclarations extrémistes et fanatiques, et manifeste pour la fin de la guerre. Grande lectrice de la littérature russe classique, engagée auprès de personnes défavorisées et de politiciens progressistes (notamment Ayman Odeh, chef des partis arabes à la Knesset, pour lequel elle ne travaille plus aujourd'hui), Michelle me semblait pouvoir accepter cette correspondance. C'est à Zoran, au centre d'Israël, dans la maison des parents de son petit ami, où elle s'était réfugiée depuis le 7-Octobre, qu'elle reçut ma proposition.

6 mars 2024, 18 heures :
Salut Michelle. J'aimerais lancer une conversation par lettres entre toi et une jeune Palestinienne de Gaza. Elle s'appelle Tala, elle a vingt ans, elle est comme toi étudiante en droit, et parle très bien anglais. Vous pourrez dialoguer sur votre vie depuis le 7-Octobre. Qu'en penses-tu ?

Michelle, qui n'avait, elle non plus, jamais parlé à un Gazaoui de sa vie, s'est immédiatement montrée intéressée. Elle a demandé conseil auprès de sa famille. Sa mère et sa sœur l'ont mise en garde contre les potentielles répercussions que pourraient entraîner ses échanges avec Tala au cas où ils seraient lus en Israël. Mais son père, fervent défenseur de la paix, installé en France depuis plusieurs années, l'a encouragée. Convaincue que ce « projet important pouvait lui apporter beaucoup », et qu'il l'aiderait à ne pas « se perdre dans le sentiment de colère et d'amertume dans lequel beaucoup de personnes avaient sombré » autour d'elle, Michelle était volontaire.

L'accord obtenu, j'ai alors convenu de la manière dont se déroulerait cet échange. Les lettres seraient rédigées en anglais par les deux jeunes femmes et passeraient par moi avant d'être transmises à leur destinataire. Je jouerais le rôle d'intermédiaire, proposerais quelques pistes d'écriture, suggérerais des ajustements. Ce qui leur paraît évident ne l'est pas pour nous, observant le conflit depuis l'Europe. La correspondance a commencé le 11 mars 2024.

Les premières lettres, Michelle les a écrites dans la chambre de son petit ami. Elle m'a confié avoir pris du temps à rédiger les premières phrases, cherchant réellement à savoir ce qu'elle voulait exprimer et faire comprendre à Tala. Puis elle a « parlé avec son cœur » et les mots sont venus, si rapidement que ses doigts ne pouvaient plus se détacher du clavier. Tala, elle, commence toujours par écrire ses lettres en prenant quelques notes manuscrites sur un carnet.

Elle transcrit ensuite ses idées sur son téléphone portable dans un document de traitement de texte, puis les rédige.

La correspondance raconte d'abord l'histoire de deux jeunes femmes dont la vie ne sera plus jamais la même après le 7-Octobre. À l'aube ce jour-là, Michelle a appris que des terroristes palestiniens s'étaient infiltrés en Israël. Avec son petit ami, elle s'est précipitée dans un abri anti-missile, où elle est restée enfermée pendant près de deux jours, sans électricité, sans réseau téléphonique, alors que résonnaient dehors les explosions des tirs de roquettes et les coups de feu du Hamas qui ont tué 53 Israéliens, hommes, femmes et enfants dans la ville. C'est la famille de son petit ami qui, en venant les chercher, leur a permis de fuir vers le centre du pays. Elle y a passé huit mois, dans une relative sécurité, mais encore profondément traumatisée par ces quarante-huit heures d'attaque. Elle a perdu un ami proche : Hersh Goldberg-Polin, l'un des otages, un jeune homme connu pour ses liens d'amitié avec des Palestiniens, mort en captivité. Michelle reste bouleversée par cette violence, par ce que ces journées ont détruit, ébranlée que de nombreuses victimes aient été, comme elle, des militants pacifistes de longue date. Depuis, elle a obtenu son diplôme en droit et est revenue s'installer à Sdérot. La ville est méconnaissable. Les magasins ont fermé, les rues sont vides ou criblées d'impacts. Chez elle, l'onde de choc d'un tir de missile a soufflé une fenêtre. Des balles ont traversé les murs. Elle vit désormais dans une localité vidée de ses habitants, régulièrement visée par les roquettes du Hamas, et où ceux qui restent n'imaginent plus d'avenir sans la destruction totale du groupe islamiste. Pourtant, elle se dit profondément choquée par la guerre menée par Tsahal à Gaza, contre laquelle elle n'hésite pas à employer des mots durs et forts. Depuis le bureau de sa chambre à Sdérot, Michelle continue d'entendre les bombes pleuvoir sur l'enclave. C'est là qu'elle écrit ses lettres à Tala.

De l'autre côté du mur, le 14 octobre 2023, Tala a reçu, comme des milliers d'autres Gazaouis, l'ordre d'évacuer le nord de l'enclave. Trois de ses frères et sœurs et elle-même ont été accueillis par un ami de la famille à Deir al-Balah. Son père, sa belle-mère et ses deux petites sœurs – âgées de deux et cinq ans – sont restés à Gaza City pour protéger leur maison. Coupée d'internet, privée d'électricité, obligée de cuisiner des boîtes de conserve dans un four en argile, Tala a vu son quotidien se transformer en une vie archaïque, peu à peu installée dans l'absurde. Une vie de survivante, forcée, au milieu des rues encombrées de déchets, des charrettes tirées par des ânes, de faire la queue pour obtenir de l'eau souvent sale ou saumâtre. Toujours sous le regard et le bruit incessant des drones israéliens dans le ciel, qui, la nuit, se confondent avec les étoiles. Depuis, Tala a été déplacée plusieurs fois. Elle vit désormais une partie de la semaine à Deir al-Balah, où elle loue une petite chambre avec salle de bains pour 150 dollars[7] par mois, et passe les week-ends à Gaza City avec le reste de sa famille. Malgré les conditions sanitaires effroyables, l'impression d'être un oiseau en cage bombardé à l'aveugle, Tala travaille comme animatrice en protection de l'enfance dans une clinique, où elle met en place des activités de soutien psychosocial pour les enfants déplacés. Elle continue à suivre ses études de droit en ligne, depuis des cafés ou des centres d'accès à internet. La remise de son diplôme, initialement prévue pour août dernier, a été repoussée à janvier 2026.

---

7. Environ 131 euros. Dans la bande de Gaza, l'économie locale dépend principalement du shekel israélien, utilisé pour la majorité des transactions quotidiennes comme l'achat de nourriture, le transport ou les services. Le dollar américain est utilisé surtout pour les transactions importantes, l'épargne ou les échanges internationaux.

Près d'un an et demi plus tard, Tala et Michelle continuent à s'écrire. Leur correspondance a traversé toutes ces périodes : les bombardements intenses de l'armée israélienne sur Gaza, les trêves précaires, la libération et la mort d'otages, les civils tués par dizaines de milliers à Gaza, la famine dans l'enclave palestinienne, la guerre entre le Hezbollah libanais et Israël, l'ouverture du front entre Israël et l'Iran, le retour au pouvoir de Donald Trump…

Au fil des lettres, elles ont découvert qu'elles partageaient une même passion pour le droit et son respect. Et que leurs histoires familiales s'entrecroisaient : toutes deux ont des ancêtres ayant vécu à Jaffa, la « belle de la Méditerranée ». Elles sont devenues, chacune à sa manière, des voix de la guerre, et les lettres leur ont ouvert une fenêtre inattendue sur le pays et la vie de l'autre. Comme lorsque Tala décrit la pénurie de soins pour les femmes enceintes à Gaza, les hôpitaux détruits, les morts qu'on n'a même plus le temps de pleurer. Ou quand Michelle parle des otages oubliés, du cynisme politique de Benyamin Netanyahou, de l'abandon ressenti par une partie des Israéliens. Ensemble, elles s'interrogent sur les décisions de leurs gouvernements respectifs, sur la légitimité de la force, sur la portée mondiale du conflit – dans les universités, les cours de justice, les discours politiques –, sur les mots à employer – otage ou prisonnier, génocide ou nettoyage ethnique – et leur pouvoir symbolique. Elles débattent de la montée de l'antisémitisme, de sa politisation, de son usage détourné par le gouvernement israélien. Elles questionnent aussi l'origine du 7-Octobre, et plus largement de cette guerre, commencée il y a trop longtemps. Mais elles parlent également d'amour en temps de guerre : Michelle vient de se fiancer, Tala se demande si elle pourra un jour trouver l'amour. Elles ne savent pas combien de temps il leur sera possible de rester sur leurs terres, à mener une vie qui les fait souffrir toutes les deux. Et si elles partent, qui restera ? Que restera-t-il de leur peuple, de leur culture, de leur droit à exister ? Si les voix pacifiques fuient, qui parlera ? Qui résistera ?

Michelle et Tala ne s'attendaient pas à ce que cette correspondance dure si longtemps. Mais la guerre s'est éternisée. Michelle avait grandi avec l'idée que les Gazaouis soutenaient massivement le Hamas, qu'ils nourrissaient une haine profonde envers les Israéliens. Elle imaginait l'enclave palestinienne comme un territoire ultra-religieux où règnent l'oppression et l'autorité. Tala lui a parlé d'une vie ordinaire : des rêves d'études, des responsabilités familiales, des pénuries, une routine de vie réinventée chaque jour. Michelle savait l'existence de restrictions imposées par Israël à Gaza, mais elle n'avait pas mesuré à quel point tout, jusqu'aux denrées de base, était contrôlé. Tala se sent désormais plus capable d'éprouver de l'empathie pour l'autre, tout en gardant un regard lucide sur la guerre et ses responsables, m'a-t-elle écrit récemment. La jeune Palestinienne m'a aussi confié avoir découvert une autre facette d'Israël, celle d'une gauche critique, pacifiste, que Michelle incarne. Tout en ayant conscience que la jeune Israélienne ne représentait pas la majorité de son peuple, elle s'est mise à lire des textes écrits par des habitants de l'État hébreu, à comprendre qu'il existait des voix dissonantes de l'intérieur.

Les quatorze lettres qui suivent sont un échange totalement inédit : depuis le 7-Octobre, aucune autre correspondance publique entre Gaza et Israël n'existe. Elles sont un exutoire pour ces deux femmes. Un geste politique aussi. Mais elles ont surtout permis d'ouvrir le dialogue, quasi inexistant entre Gaza et Israël. Cette correspondance n'a pas pour but de soutenir un camp, mais de comprendre l'autre. Elle s'inscrit dans une dynamique bien plus large, et que beaucoup tentent en vain de faire triompher depuis des décennies : celle de la paix.

Celle qui a toujours guidé *Le Nouvel Obs*, et son fondateur Jean Daniel.

Celle de Rami et Bassam, du roman de l'écrivain Colum McCann *Apeirogon*, ces deux pères endeuillés devenus amis, et surtout militants pour la paix, après la perte de leurs filles – l'une fauchée dans un attentat à la bombe commis par un kamikaze palestinien, l'autre tuée accidentellement par un garde-frontière israélien. Ma consœur journaliste au *Nouvel Obs* Doan Bui les a rencontrés après le 7-Octobre. Ils évoquaient, impuissants, cette « compétition dans la douleur » entre les deux parties qui faisait rage depuis le retour de la guerre.

Celle des quatre réalisateurs du film documentaire *No Other Land*[8], oscarisé en 2025, Basel Adra et Hamdan Ballal (Palestiniens), Yuval Abraham et Rachel Szor (Israéliens), qui documente la destruction d'un village palestinien. L'un d'eux déclarait

8. *No Other Land* montre la destruction systématique de villages palestiniens déclarés zone militaire par l'armée israélienne et la résistance des habitants face aux ordres d'expulsion.

en mars dernier, sur la scène du théâtre Dolby à Los Angeles :

> Il existe une autre voie – une solution politique sans suprématie ethnique, avec des droits nationaux pour nos deux peuples [...]. Ne voyez-vous pas que nous sommes liés ? Que mon peuple ne peut être vraiment en sécurité que si celui de Basel est vraiment libre et en sécurité [9] ?

Celle de David Grossman, écrivain israélien, figure majeure du camp de la paix, lui-même traversé par la perte d'un fils mort au Liban en 2006, et qui a choisi d'écrire pour combattre la spirale de la vengeance dans laquelle son peuple tombait.

Ou encore celle de Mahmoud Darwich, figure emblématique de la poésie palestinienne du XXe siècle, qui n'a jamais cessé de croire à la force des mots contre le silence.

Le chemin de la paix est étroit. Il est fragile, minoritaire, complexe. Que vous souteniez Israël, la Palestine, les deux ou aucun, que vous ayez manifesté le lendemain du 7-Octobre, ou depuis

9. Extrait du discours de Yuval Abraham, traduit en français par Dimitri Krier.

près de deux ans pour la Palestine et son droit à exister, cette lecture vous est ouverte. Dans leur correspondance, Michelle et Tala ne cherchent pas à se réconcilier. Elles partagent leurs vérités. Peut-être est-ce cela, la seule paix envisageable : celle qui accepte la coexistence des récits contradictoires.

Au fond, Michelle et Tala ne sont pas si éloignées. Elles le disent elles-mêmes : personne sur cette planète ne peut vraiment comprendre leur quotidien, leur douleur, leurs conflits intimes, répétés génération après génération.

Ce sont des cœurs invincibles.

Dimitri Krier – 31 juillet 2025

Deir al-Balah, Gaza, Palestine

11 mars 2024

Chère Michelle,

Ton nom est la seule chose que je connais de toi pour l'instant. Moi, je m'appelle Tala. Jamais je n'ai imaginé parler un jour à une Israélienne. Encore moins faire ta connaissance alors qu'une guerre est en cours contre mon peuple. Lorsqu'on m'a proposé de t'écrire une lettre, je me suis sentie mal sur le moment, effrayée par l'idée de coopérer inconsciemment avec l'ennemi et de trahir les miens. Je crains que cette conversation me mette en danger, ainsi que ma famille.

Mais j'ai quand même décidé de t'écrire. D'abord, pour te raconter ce que je vis depuis cinq mois maintenant. Et surtout pour honorer mon ami Yousif Dawas, tué le 14 octobre par une bombe israélienne. Il n'avait que vingt ans et rêvait de devenir thérapeute. C'était mon camarade d'université. Nous nous retrouvions régulièrement devant l'hôpital al-Shifa [1] pour aller ensemble en cours.

Je suis née à Gaza City [2] il y a vingt ans. Je n'ai jamais quitté l'enclave, qui est une vraie prison à ciel ouvert, tu sais. À l'université, j'étudie le droit. Pendant mon temps libre, j'écris. Les gens disent de moi que je suis un vrai rat de bibliothèque. Avant la guerre, je travaillais du matin jusqu'au soir. Puis, une fois rentrée chez moi, j'adorais dévorer un énième livre tout en buvant du thé vert, ma boisson préférée. Je pourrais te parler des heures de mon université. Elle est si belle : on y entend le chant des oiseaux, le bruissement des arbres,

1. L'hôpital al-Shifa est le plus grand complexe médical et hôpital central de la bande de Gaza, situé dans le quartier de Rimal, à Gaza City.

2. Gaza City est la capitale de l'enclave palestinienne. Pour toutes les mentions de villes, se référer à la carte en fin d'ouvrage.

on y respire l'air frais et on y trouve des espaces agréables où se reposer. Maintenant, il faudrait que j'écrive ces mots au passé. Car il n'en reste qu'un tas de ruines. Quant à mon diplôme, que j'étais censée obtenir l'an prochain, je ne sais pas quand je pourrai le décrocher.

Désormais, je suis réfugiée à Deir al-Balah, après avoir fui le nord de Gaza [3], en passant par Khan Younès, où je suis restée quarante jours sans mes parents et mes petites sœurs, qui étaient restés dans le Nord pour garder notre maison. Ils ont fini par partir eux aussi, et on s'est retrouvés en décembre. Nous avons la chance d'avoir trouvé un abri, un toit, des murs. Même s'il me paraît toujours étrange d'appeler ça un abri, étant donné que nous ne sommes protégés ni des bombes ni d'une famine ou d'une épidémie.

Ce n'est pas courant de parler avec une Israélienne comme toi, Michelle. Personne n'est ami avec des Israéliens ici. D'ailleurs, je ne connais pas grand-chose de votre culture, de vos traditions. À Gaza, on est élevés pour vous haïr. Vous n'êtes rien

3. Tsahal émet un ordre d'évacuation pour la population du nord de Gaza. Pour toute référence à un événement de l'actualité, se référer à la chronologie en fin d'ouvrage.

d'autre que des voleurs de maisons, des auteurs de massacres innombrables dont le seul but est de nous expulser de force ou nous exterminer.

Mais, dans ma famille, on pense qu'il est impossible de tout résoudre par la force. Je partage ce point de vue. Je crois qu'apprendre à connaître les personnes qui revendiquent leur droit à cette terre peut servir notre cause. Et toi, qu'en penses-tu ? Pourquoi as-tu accepté d'entamer cette conversation avec moi ?

Malgré notre adversité, je reste ouverte d'esprit et curieuse d'écouter et de comprendre ton opinion. Peut-être que nous ne pensons pas si différemment finalement, et que nous avons même des choses en commun. Où habites-tu ? Étudies-tu ? Connais-tu des Palestiniens ?

Écrire cette lettre me demande un effort colossal. Ces derniers jours, j'ai été incapable de m'exprimer correctement. J'aimerais partager ce que je vis. Ça pourrait me soulager, me faire sortir un peu du chagrin. Je n'ai plus de projet, plus de vie depuis le 7-Octobre. Je commence même à me désintéresser de mes activités favorites comme la broderie palestinienne. Mes amis sont morts ou ont fui.

Tous sont partis sans dire au revoir. Beaucoup de Palestiniens meurent de malnutrition, des femmes, des nourrissons. Imagines-tu que des enfants font la queue pour remplir une gamelle de soupe ? Nous avons du mal à trouver des légumes, tout est cher ou inexistant. Je déteste voir les rues inondées d'ordures et d'eau sale, les écoles et universités bombardées ou fermées. Je suis fatiguée de sentir la fumée de notre four en argile qui s'incruste dans tous nos vêtements. Et de devoir me déplacer en âne ou en charrette. La ville où j'ai grandi a été ravagée. Mes souvenirs ont disparu. Ma bibliothèque aussi. J'ai vu une photo de ma rue à Gaza City, elle est méconnaissable. C'est devenu une ville fantôme. Michelle, que fais-tu pendant que mon peuple meurt sous les bombes ? Est-ce que ça te fait de la peine ?

Notre situation est indescriptible. Nous avons perdu toute forme de vie sensée. Nous installons des tentes sur les ruines de maisons détruites. Très peu de centres de santé peuvent aider les femmes enceintes. Le taux de fausses couches a augmenté, tout comme les accouchements précoces en raison des bombardements violents. Je déteste voir comment la vie est en train de quitter nos corps. Soutiens-tu cette agression ? Pourquoi rien ne marche dès qu'il s'agit du sort de la Palestine ? Quelle offense avons-nous commise, nous Gazaouis, pour vivre de telles horreurs ?

Michelle, je me demande si tu as déjà questionné la légitimité de ton État, ses lois ou ses actions. Personne ne se soucie de la discrimination que nous subissons depuis cent ans. Et le monde est aveugle face à l'apartheid que nous vivons. Comment l'État d'Israël peut-il se qualifier d'État démocratique ? Crois-tu que nous pourrons un jour vivre en paix ?

Je suis sûre que tu es, comme tous les êtres humains, dotée de sentiments. Tu ressens l'amour, la haine, la colère, la compassion. S'il te plaît, prends pitié de nous. Dis à ton peuple de cesser de nous priver de notre humanité. Notre destin, c'est nous qui devons le choisir.

Respectueusement,

Tala

Zoran, Israël

25 mars 2024

Chère Tala,

Je te remercie pour ta lettre. Bien que je n'habite qu'à quelques kilomètres de Gaza, je n'ai jamais parlé à quelqu'un de là-bas. Premièrement, je souhaiterais te dire que je suis désolée de ce que tu vis et t'exprimer mes plus sincères condoléances pour la perte de ton ami Yousif Dawas. Que sa mémoire soit honorée.

Permets-moi tout d'abord de me présenter. J'ai vingt-quatre ans et, comme toi, je suis étudiante en droit. Je m'intéresse au droit pénal et au droit international. J'aime également faire du bénévolat.

Avant la guerre, j'aidais les habitants de ma ville qui avaient besoin d'une assistance pour trouver un logement ou obtenir une aide financière de la part de l'État. Désormais, ma ville, Sdérot, comme toute la région limitrophe de Gaza, s'est vidée de ses habitants.

J'ai quitté ma maison depuis l'attaque du 7-Octobre. Depuis, je suis hébergée par la famille de mon petit ami à Zoran, dans le centre d'Israël. C'est plus calme ici, contrairement à ce qui se passe dans le nord ou le sud du pays [1]. Ma maison me manque beaucoup. Je crains que les missiles lancés quotidiennement de Gaza sur le sud d'Israël détruisent tout ce que j'ai. Mon université est fermée, mais nous pouvons suivre nos cours à distance, en visio.

Je suis née et j'ai grandi à Jérusalem. J'étais scolarisée à l'école Hand in Hand (Main dans la main), où la moitié des élèves sont des Israéliens juifs et l'autre moitié des Palestiniens citoyens d'Israël ou résidents de Jérusalem-Est. Oui, je

1. Depuis le 7 octobre 2023, le Hezbollah, groupe paramilitaire islamiste libanais, a ouvert un « front de soutien » à Gaza et tire des missiles sur le nord d'Israël. Près de 80 000 Israéliens ont été évacués de cette zone.

connais donc des Palestiniens. J'ai fréquenté cet établissement jusqu'à la fin des études secondaires. C'est le seul lycée mixte en Israël où enfants juifs et palestiniens étudient ensemble.

Mon éducation était donc très différente des autres enfants de Jérusalem. Je parlais quotidiennement à des Palestiniens, des Arabes. Les mêmes que la société nous apprend à haïr. Je me souviens que des enfants de mon quartier ne voulaient pas me fréquenter, m'affirmaient que j'étais devenue amie avec des Arabes qui, une fois adultes, viendraient me tuer. Lorsque j'avais quatorze ans, des suprémacistes israéliens ont même mis le feu à mon école. Ces années ont fait évoluer ma vision de la société israélienne.

Le 7-Octobre au matin, j'ai appris qu'il y avait eu une attaque sur le sol israélien. Avec mon petit ami, nous nous sommes précipités dans notre abri antimissile. Nous y sommes restés enfermés pendant près de deux jours, sans électricité ni réseau téléphonique. Nous entendions des coups de feu et des roquettes à l'extérieur, sans pouvoir ni voir ni comprendre ce qui se passait. Le père et la sœur de mon petit ami sont finalement venus nous chercher et nous ont mis en sécurité, dans le centre d'Israël. Quand je suis sortie de chez moi, j'ai vu des corps sur le sol. J'étais horrifiée. As-tu entendu parler de ce qui s'est passé en Israël ce jour-là ? Qu'as-tu ressenti ?

Des Israéliens ont terriblement souffert. Nous ne nous en sommes toujours pas remis. Des familles ont été brutalement tuées, kidnappées. Et il y a encore des otages israéliens à Gaza dont on ignore l'état de santé. Je connais personnellement l'un d'entre eux et je prie tous les jours pour qu'il revienne sain et sauf. Dans mon quartier, les premières victimes des massacres du 7-Octobre sont un groupe de personnes âgées d'une maison de retraite. Près de chez moi, au kibboutz de Be'eri [2], Vivian Silver, qui était pourtant une militante pacifiste de longue date, a été tuée. Peux-tu me dire ce

2. Le kibboutz de Be'eri a été l'un des villages communautaires les plus touchés par l'attaque du Hamas le 7-Octobre : 101 Israéliens sont morts, 32 ont été pris en otage, 150 maisons et bâtiments ont été détruits, la plupart incendiés (selon un rapport de Tsahal cité par *Libération* : « Attaque du Hamas le 7 Octobre : l'armée israélienne reconnaît avoir "échoué" dans la défense du kibboutz Beeri », 11 juillet 2024, https://www.liberation.fr/international/moyen-orient/attaque-du-hamas-le-7-octobre-larmee-israelienne-reconnait-avoir-echoue-dans-la-defense-du-kibboutz-beeri-20240711_5V3LYITQFJBI7PUI6LBJVFT6UQ/).

que les habitants de Gaza pensent de ces victimes innocentes, prises dans une guerre qu'elles n'ont jamais voulue ? Je ne comprends pas que des personnes utilisent les actions et les décisions du gouvernement israélien pour justifier la violence à l'égard des civils. Ce mode d'action ne peut être une réponse à l'occupation. Si je comprends la nécessité de la résistance palestinienne, j'estime qu'elle ne doit pas viser des innocents.

Il est aussi vrai que de nombreuses personnes en Israël sont, depuis le 7-Octobre, incapables de voir au-delà de leur propre douleur et de comprendre ce qui se passe à Gaza. Il leur est difficile d'éprouver de la compassion pour les habitants de Gaza, surtout après avoir vu des vidéos dans lesquelles des Palestiniens célébraient l'attaque du 7-Octobre.

Moi, je ne crois pas que nous soyons ennemis. Je m'opposerai toujours à la violence et à la cruauté, quels qu'en soient les auteurs. Les innombrables atrocités commises par Israël contre les Palestiniens au fil des années, de même que la violence subie par les Israéliens, sont également condamnables. La violence ne fait qu'engendrer plus de violence. La guerre menée actuellement par l'armée israélienne nous le prouve. Serais-tu d'accord pour dire qu'il existe de meilleurs moyens pour obtenir justice ? Y a-t-il encore des personnes à Gaza qui croient en une solution pacifique ?

Tala, tu m'as demandé si j'avais déjà remis en question la légitimité de mon pays. Tu sais, mon peuple, le peuple juif, a une longue histoire de persécution à travers le monde. Que ce soient les ancêtres de mon petit ami en Pologne ou les parents de ma mère au Maroc, ils ont été persécutés parce qu'ils étaient juifs. Cette histoire ne justifie en rien les souffrances des Palestiniens ou la Nakba [3]. Mais il est important pour moi de te rappeler le désir profond et l'urgence qu'il y a eu pour nous, Juifs, d'obtenir un État en Terre sainte.

Toutefois, il m'est arrivé de remettre en question la politique et les lois de mon pays. Quand j'avais quatorze ans, j'ai rencontré un groupe d'hommes druzes qui refusaient de servir dans les forces de défense israéliennes, alors qu'ils ont l'obligation de le faire. Ces Druzes se sentaient Palestiniens et avaient le sentiment qu'Israël tentait de les assimiler pour les affaiblir et les séparer des autres Arabes israéliens. Ça m'a fait réfléchir. Personnellement,

3. La Nakba désigne la « catastrophe » en arabe, l'exode en 1948, à la création de l'État d'Israël, de 700 000 Palestiniens, contraints de fuir des massacres ou expulsés par les nouvelles autorités.

j'ai eu la chance d'être exemptée de service militaire pour raison médicale, mais mon petit ami, qui a refusé de servir, a passé six mois dans une prison militaire israélienne.

Nous sommes une minorité en Israël à questionner la guerre actuelle. Les gens ont peur de s'exprimer. Beaucoup ont été arrêtés pour avoir manifesté ces derniers mois. Parfois, j'ai l'impression que la meilleure chose à faire serait de partir, d'aller quelque part où des horreurs ne sont pas commises en mon nom. Mais partir, ce serait égoïste. Je ne peux pas abandonner mon peuple qui souffre. Je m'inquiète de ce qu'Israël deviendra si toutes les personnes qui se battent pour la paix partent. Parfois, j'ai l'impression que nous sommes si peu nombreux que personne ne remarquerait notre absence.

Et puis, j'aime cette terre. Ma famille a vécu en Palestine parmi des musulmans et d'autres Juifs pendant plusieurs générations avant la création de l'État d'Israël [4]. J'espère que nous pourrons un jour

---

4. Avant la création de l'État d'Israël en 1948, la population juive en Palestine (sous mandat britannique à l'époque) a connu une croissance importante, notamment à partir de la fin du XIXe siècle. En 1947, 630 000 Juifs vivent en Palestine sur une population de 1,9 million.

être tous égaux et libres. C'est d'ailleurs ce qui m'a poussée à étudier le droit international : ne plus être impuissante face à l'injustice.

Tu m'as dit que tu lisais beaucoup, j'aime aussi lire. J'aime la littérature russe classique, comme Dostoïevski ou Tolstoï. Mon livre préféré est *Anna Karénine*. Quel genre de livres aimes-tu ? Je suis curieuse de savoir ce qui t'a poussée à étudier le droit.

J'aimerais aussi en savoir plus sur l'histoire de ta famille. Comment était ta vie avant la guerre ? Où vivait ta famille avant 1948 ?

Je suis heureuse de pouvoir t'écrire. J'imagine à quel point cela doit être difficile pour toi. Je me réjouis d'avoir de tes nouvelles et te souhaite un bon ramadan.

Cordialement,

Michelle

Deir al-Balah, Gaza, Palestine

7 avril 2024

Chère Michelle,

J'espère que tu vas bien. Je te remercie pour tes gentils mots à propos de mon ami décédé.

Je viens d'arriver chez moi… enfin dans mon abri, à Deir al-Balah. J'ai passé la journée dans une école de l'UNRWA[1] où je travaille pour l'association

1. L'UNRWA, la United Nations Relief and Works Agency for Palestine Refugees in the Near East (Office de secours et de travaux des Nations unies pour les réfugiés de Palestine dans le Proche-Orient), est une agence créée en 1949 par l'ONU pour fournir aide humanitaire, éducation, soins de santé et services sociaux aux réfugiés palestiniens. Elle opère notamment dans la bande de Gaza, où elle gère des écoles, des centres de santé et des distributions alimentaires.

Handicap. Je participe à un programme récréatif pour les enfants. Nous organisons des activités et des jeux éducatifs afin qu'ils puissent exprimer leurs sentiments, leurs émotions négatives, et discuter de ce qu'ils ont vu ou entendu.

J'aime travailler avec les enfants. J'ai toujours pensé qu'ils étaient les ferments d'une société résiliente, puissante. J'en ai souvent encadrés qui risquaient la déscolarisation. Je me souviens d'un groupe avec lequel nous avons travaillé sur la notion de démocratie. Chaque élève jouait un rôle et était chargé d'un élément nécessaire au bon fonctionnement d'un État démocratique. Certains incarnaient la justice, d'autres la liberté, etc. Aujourd'hui, je vois chaque jour sur leurs visages les conséquences dramatiques de l'agression israélienne. Chacun de leurs regards, de leurs cris et de leurs larmes diminue mon espoir d'un futur moins sombre.

Qu'en est-il de tes journées, Michelle ? En quoi la guerre les a-t-elle changées ? Pourrais-tu m'en dire un peu plus sur ton expérience de bénévolat ou tes cours de droit ? J'ai l'impression d'avoir oublié tout ce que j'ai étudié au cours des deux dernières années…

Pour répondre à tes questions sur ma famille : avant la catastrophe de 1948, mes arrière-grands-parents vivaient tous en Palestine, dans la ville de Jaffa [2], la « belle de la Méditerranée ». Mon grand-père Jamal, qui a soixante-quatorze ans aujourd'hui, m'a parlé de notre ancien quartier de Menashiya [3]. Il ne l'a jamais vu de ses yeux, ses parents ayant été forcés de quitter leur maison quelques mois avant sa naissance, mais on lui en a suffisamment parlé pour qu'il puisse transmettre son histoire à ses petits-enfants. Menashiya était un quartier où des riches Palestiniens de diverses régions et des touristes étrangers venaient passer leurs vacances d'été. Il paraît qu'on pouvait s'allonger sous les orangers et contempler la mer tout en respirant le doux parfum des agrumes.

---

2. Jaffa (ou Yafo en hébreu) est une ancienne ville portuaire située sur la côte méditerranéenne, aujourd'hui intégrée à Tel-Aviv en Israël. Habitée depuis des millénaires, Jaffa a été un centre culturel, économique et politique important en Palestine, notamment à l'époque ottomane (1516-1917) et sous le mandat britannique (1923-1948).

3. Menashiya était un quartier arabe situé entre les villes de Jaffa et Tel-Aviv, à proximité du littoral. Il a été en grande partie détruit lors de la guerre de 1948 et ses habitants palestiniens ont été déplacés.

Mon arrière-grand-père a été forcé – comme nous aujourd'hui – de quitter cet endroit si paisible, d'émigrer de force sans retour possible, après le retrait des soldats britanniques [4] et l'arrivée du groupe Haganah [5], qui a commis des atrocités et des massacres contre les Palestiniens. Ils ont violé des femmes, tué et capturé des hommes. Mon grand-père m'a même raconté qu'ils fendaient le ventre des femmes enceintes pour en extraire les bébés. Ma famille a dû vivre dans une tente et subir la famine et le froid.

Il y a six mois, quand l'agression de l'armée israélienne a commencé, mon grand-père Jamal a refusé de quitter sa maison : il ne voulait pas que l'histoire de son père se répète. Il tente de survivre à la famine et à l'occupation israélienne dans le nord de Gaza.

---

4. Le retrait des troupes britanniques de Palestine s'est achevé le 14 mai 1948, à la fin du mandat confié par la Société des Nations. Ce départ a ouvert la voie à la proclamation de l'État d'Israël et au déclenchement de la première guerre israélo-arabe.

5. La Haganah était une organisation paramilitaire juive formée en 1920 sous le mandat britannique en Palestine, initialement pour défendre les communautés juives. Elle a joué un rôle central en 1948, assurant l'expansion du nouvel État d'Israël. Elle est la base de l'armée israélienne officielle, Tsahal.

Mes grands-parents maternels, quant à eux, sont partis après la Nakba vers l'Égypte et l'Arabie saoudite. Ma mère est née au Yémen. En 1999, mon grand-père Ahmad a décidé de revenir en Palestine et de s'installer dans la bande de Gaza. Il travaillait pour l'Autorité palestinienne (AP) [6]. Il a contribué à l'installation du siège de l'AP à Gaza et en Cisjordanie à la suite des accords d'Oslo [7] signés en 1993.

Nous sommes une famille de la classe moyenne, qui dépend d'un emploi salarié pour vivre au quotidien et payer les études de six enfants – dont quatre ont moins de dix-huit ans. Je suis l'aînée. Ma mère a divorcé de mon père il y a quelques années et elle est partie travailler dans le commerce au Liban – où est installée une partie de sa famille maternelle – pour nous aider à financer nos études supérieures. Je ne l'ai pas revue depuis 2017. La

6. L'Autorité palestinienne est une entité administrative créée en 1994 à la suite des accords d'Oslo entre Israël et l'Organisation de libération de la Palestine (OLP). Elle exerce un contrôle civil et de sécurité dans certaines zones de Cisjordanie, et jusqu'en 2007, dans la bande de Gaza.

7. Les accords d'Oslo sont une série d'accords signés en 1993 entre Israël et l'OLP. Ils visaient à établir un cadre de paix, incluant la reconnaissance mutuelle et la création de l'Autorité palestinienne.

procédure pour sortir de Gaza est difficile et coûteuse, et impossible en temps de guerre. Quant à mon père, il a été suspendu de son poste dans l'administration après la prise de pouvoir par le Hamas à Gaza en 2007.

Moi, ma plus grande préoccupation est d'économiser de quoi acheter un ordinateur portable. J'ai un peu d'argent sur un compte, mais je n'y ai pas accès, parce qu'il n'y a plus de liquide dans les banques. Qu'en est-il de ta situation familiale, Michelle ?

J'admets que ma vie était quelque peu ennuyeuse avant la guerre, mais j'aimais être cette étudiante en droit un peu intello. Mon rêve, c'est de pouvoir étudier à l'étranger. Je rêve de devenir avocate spécialisée dans les droits de l'enfant et d'enseigner dans les universités palestiniennes.

Tu veux savoir quels sont mes livres préférés : ce sont ceux qui abordent des sujets sociétaux ou psychologiques. J'ai adoré *The Bamboo Stalk* de Saud Alsanousi, *Mille soleils splendides*, un roman de Khaled Hosseini qui raconte l'occupation soviétique en Afghanistan, les talibans, les souffrances de la population. Il décrit la discrimination qui pèse sur les femmes, privées de leurs droits fondamentaux. Je lis en ce moment *Humiliés et offensés* de Dostoïevski. Est-ce que tu as un livre en particulier à me recommander ?

Je suis très intéressée par ton expérience dans ce lycée de Jérusalem où élèves juifs et palestiniens étudient ensemble. Es-tu toujours en contact avec tes camarades palestiniens ? Je suis curieuse aussi de connaître l'expérience de ton petit ami en prison. Peux-tu m'en dire plus sur l'emprisonnement qu'il a subi pour avoir refusé de servir dans l'armée ? A-t-il été torturé ?

Je reconnais qu'à Gaza nous n'avons pas toujours accès à l'information, à la vérité. Beaucoup d'événements ne nous sont pas rapportés. Mais je dirais que, pour le 7-Octobre, nous avons quand même vu ce qu'il s'est passé. J'ai eu de la peine pour les innocents de ton côté qui ont été blessés ou tués. Il ne faut pas généraliser ces actions à tous les acteurs de la résistance palestinienne. Ni notre religion ni nos coutumes ne nous autorisent à maltraiter les civils. Mais nous voyons ces attaques quotidiennes contre la population en Cisjordanie, contre la mosquée al-Aqsa à Jérusalem, et cela fait dix-huit ans que nous subissons un régime d'apartheid et un siège [8] à Gaza, que nous sommes réduits à la pauvreté et au chômage. Et ces agressions inhumaines qui tuent des dizaines de milliers de femmes et d'enfants innocents, sans l'ombre d'un remords... Dans ces conditions, comment leur reprocher d'avoir commis en retour des crimes contre un petit nombre de tes concitoyens ? Aujourd'hui, nous subissons la famine et les hécatombes. Le meurtre de travailleurs humanitaires est la preuve qu'Israël ne veut pas d'une solution pacifique et qu'il utilise le manque de nourriture comme arme contre nous. Pendant ce temps, le monde ne voit en nous que des nombres. Comment pouvons-nous obtenir justice après tous ces massacres ?

Tu m'as demandé si les habitants de Gaza croyaient encore à une solution pacifique. Les gens sont divisés : certains croient encore en une solution à deux États, à un accord de paix comme celui d'Oslo ; d'autres rejettent toute cession de nos terres et toute négociation avec le gouvernement israélien. Ils ne peuvent accepter l'idée d'une

8. Le siège de la bande de Gaza a été imposé par Israël et l'Égypte depuis 2007, suite à la prise de contrôle de Gaza par le Hamas. Ce blocus restreint sévèrement la circulation des personnes et des marchandises.

normalisation des relations avec Israël, après ce qu'ils nous ont fait par le passé et continuent de faire avec cette agression. Pour ma part, je souhaite la création d'un État de Palestine qui inclurait les musulmans, les chrétiens et les Juifs, afin que nous puissions vivre ensemble en paix.

Permets-moi de préciser que je ne suis pas une partisane des accords d'Oslo entre la Palestine et Israël. Ils ont certes facilité le retour de réfugiés palestiniens, comme mon grand-père Ahmad, mais le gouvernement israélien n'a pas respecté ses engagements. Il a poursuivi sa colonisation et empêché la création d'un État palestinien pleinement autonome et souverain. Et avec ce gouvernement Netanyahou [9], nous avons affaire à des suprémacistes juifs qui souhaitent effacer notre peuple. Ce gouvernement est la preuve qu'Israël ne veut aucun accord de paix avec nous. Et toi, Michelle, quel parti politique, quels hommes ou femmes politiques soutiens-tu ?

Si les droits de l'homme et le droit international comptent vraiment pour toi, tu dois admettre quatre

---

9. Plusieurs fois Premier ministre d'Israël, Benyamin Netanyahou est revenu au pouvoir en décembre 2022, à la tête d'un gouvernement considéré comme l'un des plus à droite de l'histoire d'Israël.

choses. Premièrement, Israël est un régime d'apartheid. Deuxièmement, nous avons le droit d'utiliser la force comme « légitime défense » selon l'ONU. Troisièmement, il ne s'agit pas d'une guerre entre deux pays égaux, mais d'un génocide. Et quatrièmement, votre gouvernement occupe nos terres qui étaient et seront toujours peuplées de Palestiniens.

Je sais combien il est difficile de remettre en question tes principes. J'ai lu de nombreux articles sur l'Holocauste et sur l'oppression de ton peuple pendant de longues années. Je suis vraiment désolée que ta famille ait dû subir ça. Et si tu veux bien m'en parler, ça m'intéresserait de savoir si ta famille a été persécutée. Mais tu sais, nous non plus ne sommes pas des animaux que l'on peut priver de tous droits fondamentaux.

Michelle, j'aurais aimé te connaître dans d'autres circonstances. Je suis sûre que cela aurait été très différent. Mais je suis heureuse de t'écrire et de te lire. C'est une expérience précieuse que de pouvoir mieux connaître ton point de vue et celui des tiens.

Amicalement,

Tala

Zoran, Israël

14 avril 2024

Chère Tala,

Je n'ai pas fermé l'œil de la nuit. Hier, des centaines de missiles ont été tirés sur Israël depuis l'Iran. Plus tôt dans la journée, nous avions reçu un message nous appelant à rester près d'un abri antimissile, en cas d'attaque iranienne. Vers 2 heures du matin, les sirènes ont commencé à retentir dans tout le pays. L'Iran nous attaquait. J'ai regardé par la fenêtre. Le ciel était plein d'éclairs. On aurait pu croire que quelqu'un y dessinait des traits lumineux. Mais c'étaient des missiles qui planaient au-dessus de nos têtes. J'ai eu peur d'être obligée de retourner dans un abri, comme en octobre, et d'y rester enfermée plusieurs jours. Cette fois-ci, on avait pris la précaution de stocker de la nourriture et de l'eau. Pendant que je regardais le ciel, j'ai pensé à toi, Tala, et aux nuits que tu passes à Gaza, où ces événements terrifiants sont quotidiens. J'espère que nous pourrons, toi comme moi, passer des nuits plus calmes bientôt.

Cette attaque iranienne n'a heureusement pas fait de victimes civiles. Toutefois, une fillette bédouine de sept ans a été blessée dans le Néguev et, aux dernières nouvelles, a dû être placée sous sédation pour être maintenue en vie. Certains villages bédouins ne sont pas officiellement reconnus par Israël, et n'ont par conséquent qu'un accès très limité aux infrastructures telles que l'électricité et internet. La plupart de ces villageois n'ont pas d'abri antibombe accessible à proximité. Cette guerre ne déroge pas à la règle. Comme toujours, les premiers à en subir les conséquences ne sont pas ceux qui choisissent de la mener mais les moins privilégiés, les moins concernés. C'est effrayant de voir que nous sommes passés tout près d'une escalade régionale. J'espère que mon propre pays fera preuve de prudence et saura gérer ces menaces sans ouvrir un nouveau front. Cette guerre est déjà si brutale…

Là où je séjourne, j'ai trouvé un exemplaire du livre *Mille soleils splendides* de Khaled Hosseini, que tu as mentionné. J'ai hâte de le lire. J'ai déjà lu un autre livre très beau et émouvant du même auteur, *Les Cerfs-volants de Kaboul*. Quant à Dostoïevski, j'ai beaucoup aimé *Les Frères Karamazov*, qui explore de nombreux thèmes tels que les relations familiales, la politique, le statut social, et même le Bien et le Mal. C'est un livre très long et j'ai mis du temps à le lire, mais ça en valait la peine.

Avant la guerre, mon petit ami et moi vivions dans un bel appartement avec jardin à Sdérot. Je faisais du bénévolat à Ofakim, une ville voisine où vit une importante communauté défavorisée. En Israël, l'accès aux aides de l'État est un processus très bureaucratique, long et épuisant, notamment pour les personnes handicapées qui représentent une part considérable des personnes que j'ai aidées. Avec les connaissances juridiques que j'ai acquises pendant mes études, j'essaie de leur donner un coup de main pour repérer les aides auxquelles ils peuvent prétendre et déposer leur demande.

Aujourd'hui, il est si difficile d'imaginer l'avenir. Les gens me demandent si je veux retourner vivre à Sdérot après la guerre, mais je ne sais pas vers quoi je retournerai. Un statu quo ? À quoi bon revenir dans une ville qui jouxte une prison à ciel ouvert, sans qu'aucune solution ne soit proposée, sans qu'aucune tentative politique ne soit faite pour sortir de ce cycle de violence ?

Hier, j'ai entendu Benny Gantz, un homme politique israélien membre du cabinet de guerre de Netanyahou, déclarer que les enfants israéliens qui sont actuellement au collège se battront un jour à Gaza. Ça m'a glacé le sang. De même, Netanyahou a déclaré par le passé : « Nous vivrons toujours par l'épée. » Nous promettent-ils une guerre éternelle ?

Tala, j'ai été très intéressée d'apprendre que ta famille est originaire de Menashiya. Mes ancêtres y ont aussi vécu jadis ! Ils y avaient une maison, où toute ma famille résidait. Quand la Première Guerre mondiale a éclaté en 1914, les Ottomans ont exigé que tous les citoyens des nations qui les combattaient et qui vivaient en Palestine renoncent à leur citoyenneté et deviennent des citoyens ottomans. Mes ancêtres, qui détenaient des passeports britanniques, ont refusé. Ils ont été expulsés vers Alexandrie, en Égypte.

Après la Première Guerre mondiale, le père de ma grand-mère est retourné en Palestine et a vécu à Jaffa, à Neve Tzedek [1], où ma grand-mère est née. Elle m'a souvent parlé des amis musulmans de son père qui venaient régulièrement chez eux. Elle les appelait ses « oncles ». En 1948, elle avait huit ans, ses oncles ont « disparu du jour au lendemain », et elle s'est longtemps demandé où ils étaient partis… Tala, ma famille s'est toujours opposée aux atrocités commises contre les Palestiniens, mais je t'avoue que lorsque j'ai lu ta lettre, je me suis demandé : auraient-ils pu faire quelque chose face aux organisations juives de l'époque comme la Haganah ? Je me pose la même question aujourd'hui à propos de ce que je peux faire…

Du côté de ma mère, ma famille vient du Maroc, où les relations entre les Juifs et les musulmans étaient à une certaine époque relativement bonnes. Mon grand-père était le chef de sa communauté dans leur village, à Boujad. Un jour, un jeune Juif a été tué par des musulmans alors qu'il rentrait de la synagogue. Ce drame a traumatisé la communauté juive, qui a commencé à s'inquiéter pour sa sécurité au

1. Neve Tzedek est un quartier historique, situé à Tel-Aviv, juste à côté de Jaffa. Il est le premier quartier juif construit en dehors de Jaffa à la fin du XIXe siècle.

Maroc et son avenir. Au moment de la création d'Israël, les relations se sont détériorées et l'hostilité envers les Juifs s'est accentuée. Lorsque des agents israéliens sont venus proposer à ma famille de s'installer en Israël à la fin des années 1950, ils ont accepté. Ils ont emménagé à Sdérot, où ma mère est née.

Tu m'as interrogée sur mes convictions politiques. Lorsque j'étais adolescente, j'ai adhéré à un mouvement de jeunesse communiste nommé Shabiba Shuayaia (الشبيبة الشيوعية), la branche jeunesse du parti politique Hadash [2]. C'est le plus grand mouvement politique pour les jeunes en Israël. La majorité des adhérents sont des citoyens palestiniens d'Israël. C'est aussi le mouvement auquel appartenait le poète palestinien Mahmoud Darwich [3]. As-tu déjà entendu parler de ce mouvement ? Je me suis même engagée auprès du politicien Ayman Odeh, qui était à l'époque le chef de tous les partis arabes présents à la Knesset. Connais-tu les hommes politiques d'Israël ?

---

2. Hadash (Alliance démocratique pour la paix et l'égalité) est un parti politique israélien à base juive et arabe, fondé en 1977. Il est d'orientation communiste et socialiste.

3. Mahmoud Darwich (1941-2008) est un poète palestinien majeur, considéré comme la voix littéraire de la cause palestinienne.

Aujourd'hui, si je partage encore une grande partie de leurs idées, je suis moins engagée dans le parti. Je m'éloigne un peu de leur position sur la solution à deux États. Je crois qu'il n'est pas juste que nous nous séparions, et je ne veux pas qu'Israël soit un État où les non-Juifs soient traités comme des citoyens de seconde zone. J'aimerais que nous puissions vivre ensemble libres et égaux.

Je crois toutefois qu'une solution à deux États serait une étape importante en vue d'une solution définitive. Pour cela, il faudrait qu'Israël se retire immédiatement et entièrement de Gaza et de Cisjordanie et cesse d'occuper ces territoires[4]. Puisque le gouvernement israélien le refuse, il est temps que le monde l'exige.

Je suis les procédures judiciaires en cours à la Cour pénale internationale et à la Cour internationale de justice concernant les injustices commises à l'encontre des Palestiniens en territoire occupé. As-tu suivi ces procédures ? Penses-tu

4. Israël occupe la majeure partie de la Cisjordanie, environ soixante pour cent du territoire. Malgré les nombreuses résolutions de l'ONU, l'État hébreu a continué de s'approprier des terres palestiniennes et de soutenir au moins 600 000 colons installés en Cisjordanie occupée, notamment à Jérusalem-Est.

qu'elles pourraient permettre à la Palestine d'obtenir justice ?

Mes parents ont divorcé lorsque j'avais deux ans. Mon père était un militant de gauche. Lorsqu'il était plus jeune, il travaillait pour l'organisation de défense des droits de l'homme B'Tselem, qui s'efforce de documenter les violations des droits de l'homme commises par l'armée et les colons dans les territoires occupés. Il a quitté Israël lorsque j'étais adolescente et vit aujourd'hui en France. Il pense qu'il n'y a plus d'espoir de parvenir à une solution interne en Israël.

On entend souvent dire ici que les Israéliens veulent la paix, mais qu'il n'y a pas de partenaire en face pour la signer. Ironiquement, c'est l'Israël d'aujourd'hui qui n'est pas prêt à la paix. Depuis que je t'ai écrit ma première lettre, des choses terribles ont continué à se produire à Gaza : la mort des travailleurs humanitaires, la violence à l'hôpital al-Shifa [5]… Dans ce contexte, c'est formidable que

5. En avril 2024, l'hôpital al-Shifa de Gaza, le plus grand de la bande, a été détruit lors d'un siège militaire israélien de deux semaines. Au moins 20 patients sont décédés pendant le siège en raison du manque de soins, d'eau et de nourriture (selon l'OMS).

toi et moi essayions ensemble d'imaginer un avenir meilleur.

J'ai grandi avec ma mère et ma sœur. Nous appartenons à la classe moyenne, mais ma famille a dû faire face à d'importantes dépenses médicales qui ont rendu notre situation financière plus difficile. À dix-huit ans, j'ai quitté le domicile familial et j'ai travaillé à plein temps comme serveuse à Tel-Aviv. Comme la plupart des Israéliens font leur service militaire avant d'entrer à l'université, il est courant de commencer ses études à l'âge de vingt et un ans. Ayant été exemptée de service militaire, j'ai mis à profit cette période pour économiser de l'argent. Je travaillais six à sept jours par semaine, huit heures par jour, jusqu'à ce que j'aie accumulé suffisamment d'argent pour couvrir mes frais d'université et entrer à la fac.

Concernant l'expérience de mon petit ami en prison, elle s'est relativement bien passée. J'ai entendu des histoires horribles sur le traitement des Palestiniens dans les prisons israéliennes, mais la prison militaire dans laquelle il se trouvait accueille principalement des soldats de Tsahal qui enfreignent le règlement. Les conditions ne sont pas idéales, mais leurs droits sont généralement respectés. Ils sont traités comme des soldats et doivent obéir aux ordres et porter un uniforme.

Tala, je vais essayer de répondre spécifiquement aux quatre points que tu as mentionnés. En ce qui concerne le premier, j'admets qu'en Israël, il y a un système judiciaire discriminatoire qui place les Juifs au-dessus d'autres citoyens comme les Arabes israéliens. Bien que ce soit difficile à accepter, je ne suis pas opposée à ce qu'on parle d'apartheid, un terme certainement plus exact que le sophisme de la prétendue « démocratie juive ». Il n'existe pas de démocratie sans égalité.

En ce qui concerne le droit de recourir à la force, il est tout à fait entendable qu'une nation occupée ait le droit de résister à ses occupants. Mais lorsque la force est utilisée, chacun, même s'il se bat pour une cause, doit agir conformément au droit international, et donc doit minimiser les pertes civiles et ne jamais cibler les personnes non impliquées. Le 7-Octobre, le Hamas n'a pas respecté ces principes et a commis des actes indiscriminés d'une très grande brutalité, s'en prenant sans aucune pitié à des hommes, des femmes et des enfants. Ces actions ne peuvent être justifiées, quelle qu'en soit la cause. Quand Israël viole le droit international, je m'y oppose ; pourrais-tu aussi t'opposer aux actions du Hamas ?

Enfin, oui, je m'interroge moi aussi sur les intentions du gouvernement israélien dans cette guerre. Veut-il protéger les citoyens d'Israël ou commettre une vengeance inutile contre les Palestiniens ? Pourquoi nos otages ne sont-ils pas traités comme une priorité absolue par notre propre gouvernement ? Pourquoi a-t-on laissé mourir tant d'entre eux ? Depuis le début de cette guerre, des représentants du gouvernement ont fait des déclarations à caractère génocidaire, prônant la punition collective à l'encontre de tous les Palestiniens et utilisant un langage déshumanisant à l'égard des habitants de Gaza. En outre, certains d'entre eux souhaitent explicitement réoccuper Gaza et y installer des colons juifs. Non seulement cela viole le droit international, mais cela met en question aussi le retour des Palestiniens dans leurs maisons à Gaza après la guerre. Compte tenu de tous ces éléments, je suis d'accord avec toi pour dire qu'il ne s'agit en aucun cas d'une guerre égale.

J'espère avoir pu répondre à toutes tes questions. J'ai encore du mal à trouver les mots justes dans tout cela, et à voir au-delà de mes idées préconçues. Je crois que nos conversations m'aideront à y voir plus clair.

Cordialement,

Michelle

Deir al-Balah, Gaza, Palestine

29 mai 2024

Salut Michelle,

Ça ne va pas fort. J'imagine que tu as vu les vidéos d'enfants décapités et de femmes brûlées à l'intérieur d'une zone dite « sécurisée » par l'armée israélienne. Beaucoup de Palestiniens s'y étaient réfugiés. Ils ont été bombardés. J'ai appelé mon amie Fatima, qui se trouve à Rafah. Heureusement, elle va bien. Aux dernières nouvelles, elle cherchait à quitter son quartier de Tal al-Sultan, dans l'ouest de Rafah, surpeuplé depuis le début de la guerre. Elle me dit que tout est devenu insalubre à Rafah.

J'ai suivi ces derniers jours les procédures judiciaires en cours contre le gouvernement israélien, notamment la demande de mandat d'arrêt à l'encontre de Benyamin Netanyahou par le procureur de la Cour pénale internationnale. J'ai aussi lu que les juges de la plus haute juridiction des Nations unies, la Cour internationale de justice, avaient ordonné à Israël de cesser immédiatement son assaut militaire sur la ville de Rafah. Qu'attend Israël pour s'arrêter ?

Quand je vois les images des étudiants qui manifestent pour la Palestine partout dans le monde, ça me réchauffe le cœur. Ils ne nous oublient pas et dénoncent ces massacres. As-tu vu que certains appellent à des campagnes de boycott contre Israël ?

Michelle, je ne te blâme pas. Je sais que tu n'y es pour rien, mais je me demande comment tu peux supporter de vivre dans un pays qui essaie par tous les moyens de nous annihiler ?

Mes journées sont toutes les mêmes. Je cherche un but à ma vie. Je suis fatiguée de voir des mères endeuillées, des orphelins, des pères qui tentent de nourrir des familles nombreuses. J'ai parlé avec deux garçons récemment. L'un a treize ans et transporte les familles de déplacés dans sa charrette tirée par un âne. Il pestait parce que le pain coûtait aussi cher qu'une boîte de gâteaux. L'autre a huit ans et fait la queue tous les jours dans les points de distribution pour remplir sa gamelle de riz ou de pâtes. C'est terrible de voir ce que nous sommes devenus.

De mon côté, j'ai eu quelques jours difficiles car on m'a diagnostiqué une jaunisse. L'épidémie a déjà touché des milliers de personnes à Gaza. Je suis restée couchée deux semaines, j'ai perdu du poids et j'ai eu du mal à m'en remettre. Je ne pouvais pas manger d'aliments salés ou en conserve. Or depuis la guerre, il est difficile de trouver des légumes et des fruits frais. Je me suis rabattue sur des pots de confiture.

Nos conditions sanitaires et environnementales se dégradent. Les insectes pullulent. Des déchets et des eaux usées s'accumulent près de nos abris ou maisons. Les chiens errants pénètrent dans nos tentes. Les sanitaires collectifs sont de plus en plus propices à la propagation d'épidémies.

Récemment, grâce à un professeur américain avec qui je suis en contact, j'ai postulé à l'université de Drexel aux États-Unis pour poursuivre mes études de droit. J'ai été admise ! Mais le problème, c'est que pour quitter Gaza… il faut payer 5 000 dollars [1] à des passeurs égyptiens. J'ai lancé une cagnotte en ligne et grâce à un donateur américain inconnu, j'ai obtenu la somme requise ! J'étais prête à partir, mais entre-temps le poste-frontière de Rafah, qui est notre seule porte de sortie, a été fermé. J'ai vraiment l'impression que nous sommes des oiseaux et que Gaza est notre cage. Je suis tourmentée. J'aimerais pouvoir quitter la bande, mais je sais que je me sentirai triste et déracinée si je me sépare de mes proches.

Tu m'as demandé si je connaissais des politiciens israéliens. Je connais bien sûr l'histoire d'Yitzhak Rabin [2]. Dans ma famille, on avait du respect pour cet homme de paix. Tu penses que s'il n'avait pas été assassiné, les choses se passeraient différemment aujourd'hui ?

1. Soit 4 600 euros.

2. Yitzhak Rabin (1922-1995) était un homme politique et militaire israélien, ancien chef d'état-major de Tsahal (l'armée israélienne), devenu deux fois Premier ministre d'Israël. Il a joué un rôle clé dans le processus de paix israélo-palestinien et a signé les accords d'Oslo en 1993. Il a été assassiné le 4 novembre 1995 par un extrémiste israélien opposé à ces accords.

Je suis tout à fait d'accord avec toi pour dire qu'une solution à deux États n'est pas la meilleure. Elle pourrait mettre un terme à la situation actuelle, mais elle ne serait pas juste, car nous possédions autrefois l'ensemble du territoire, libre de toute restriction ou blocus. Comment pourrions-nous aujourd'hui nous satisfaire d'une zone limitée au sein de ce territoire ?

Personnellement, je préférerais que l'on vive tous ensemble comme une seule nation, mais je sais à quel point c'est difficile à réaliser. Votre État s'est construit sur le judaïsme. Penses-tu que notre conflit est une affaire de religion ? De mon point de vue, il n'a jamais été question de guerre de religion, mais de territoire et d'occupation. Enfin… il est difficile de réfléchir à tout ça tant que les bombes pleuvent encore sur Gaza.

Je me souviens t'avoir dit un jour que je ne cherchais pas à justifier l'attaque du 7-Octobre. Je te réaffirme que je la condamne, au nom du droit international. Même si nous sommes les victimes d'un gouvernement colonial oppressif, je ne justifierais jamais des atrocités commises contre des civils.

Michelle, l'histoire jugera cette guerre. Les droits de l'homme doivent être notre boussole. Le monde nous regarde.

À bientôt,

Tala

Zoran, Israël

2 juin 2024

Salut Tala,

Je suis vraiment désolée d'apprendre que tu es tombée malade. J'espère que tu vas mieux.

J'ai vu les images de Rafah. Il n'y a pas de mots pour décrire ces horreurs. Attaquer une zone désignée comme sûre constitue un crime de guerre flagrant. Je m'attendais au pire dans cette guerre, mais la brutalité de cette attaque est choquante. Je croyais naïvement que les pressions exercées par les États-Unis et la Cour internationale de justice empêcheraient une telle escalade, ou du moins la limiteraient.

Sur les réseaux sociaux, de nombreux Israéliens s'indignent de la situation à Rafah et remettent en question les actions de l'armée. Pour la première fois, j'ai l'impression de voir un nombre important de personnes condamner l'attaque. Mais la majorité des Israéliens soutient encore cette guerre. La souffrance des Palestiniens n'est pas au cœur des conversations. La société est davantage divisée sur la question des otages.

Si la priorité de Netanyahou est l'élimination militaire du Hamas, pour de nombreux citoyens il faut au contraire privilégier les négociations pour obtenir la libération des otages, même si cela signifie qu'il faut mettre fin à la guerre. Un nouvel accord serait en discussion, j'espère qu'il sera signé. Je pense à Hersh Goldberg-Polin, un otage que je connais personnellement et qu'on a vu dans une vidéo récente diffusée par le Hamas. Il semble dans un état correct, malgré son bras amputé le 7-Octobre. J'ai été très soulagée de le voir en vie, mais j'ai beaucoup de peine pour ce qu'il endure depuis huit mois. Malheureusement, peu de temps après, le Hamas a publié un message indiquant que le contact avait été perdu avec l'unité qui le détenait et que son état était désormais inconnu.

Les otages sont réduits à de simples pions dans ce jeu politique. En Israël, rappeler leur captivité est interprété comme un moyen de militer contre la guerre. À l'étranger, parler d'eux est perçu comme un soutien à l'agression israélienne.

J'ai suivi les manifestations propalestiniennes dans le monde entier. Je suis moi aussi satisfaite de voir que ces jeunes manifestent pour la paix. Les médias israéliens ne parlent que de ça. Pour eux, il s'agit de manifestations « antisémites » et d'une preuve supplémentaire que le monde veut notre mort. Il est vrai qu'il y a des chants et des pancartes que je trouve choquants. Mais ça me semble être des actes isolés qui ne représentent pas l'ensemble des manifestants. Les médias mettent toujours en avant les messages les plus extrêmes.

On entend plus parler des événements qui se déroulent sur les campus américains [1] que de ce qui se passe à Gaza, à quelques kilomètres de nous. Je pense que ça arrange le gouvernement israélien. Ils veulent que les Israéliens se sentent constamment persécutés et en danger parce que juifs. La

1. En 2024, de nombreuses universités américaines ont été le théâtre de manifestations étudiantes propalestiniennes, notamment à Columbia, UCLA, Harvard et Yale.

peur rend les peuples plus faciles à contrôler, n'est-ce pas ?

Je ne crois pas que ces manifestations soient antisémites. Je connais de nombreuses personnes qui y participent, et beaucoup d'entre elles sont elles-mêmes juives. Alors que l'antisémitisme est indéniablement en hausse dans le monde [2], le fait de présenter toute critique d'Israël comme intrinsèquement antisémite sert le discours du gouvernement.

Mais il est aussi important de protester sans diaboliser l'autre partie. J'ai vu des gens nier ou se moquer de la souffrance des Israéliens. Éprouver de l'empathie pour les victimes israéliennes ne signifie pas soutenir le gouvernement ou l'armée. Si la plupart des manifestants propalestiniens sont à juste titre indignés par les brutalités infligées aux habitants de Gaza, leur message est brouillé par certains qui semblent indifférents à la mort de civils. J'ai grandi en voyant des extrémistes radicaux en Israël déshumaniser les Palestiniens, je suis

2. Après l'attaque du Hamas le 7 octobre 2023, plusieurs organismes (notamment l'Anti-Defamation League) ont signalé une augmentation spectaculaire des actes antisémites dans le monde.

attristée de constater qu'une rhétorique similaire est utilisée aujourd'hui par l'autre camp, celui pour lequel je me bats. Tous les Israéliens ne soutiennent pas un génocide.

Tala, tu me demandes comment je fais pour vivre ici. Il est difficile d'être israélien aujourd'hui. J'ai à plusieurs reprises éprouvé l'envie de vivre ailleurs. Mais j'ai souvent pensé que partir ne permettrait pas de changer les choses. Il est vrai que la situation actuelle me questionne. Aujourd'hui, s'opposer à la guerre ou critiquer l'action militaire est non seulement tabou, mais peut même dans certains cas avoir des conséquences directes sur notre vie professionnelle et personnelle. J'ai entendu qu'une professeure d'un lycée a été suspendue après avoir participé à une manifestation de commémoration de la Nakba. Dans mon université, des étudiants demandent également la suspension d'un de nos professeurs car il s'est exprimé contre la guerre.

J'espère sincèrement que tu obtiendras bientôt le financement nécessaire pour poursuivre tes études. Ton intelligence transparaît dans tes lettres. Je ne doute pas que tu accompliras de grandes choses.

De mon côté, j'aimerais obtenir un master en droits de l'homme à l'étranger. L'enseignement de cette discipline en Israël me paraît biaisé actuellement.

À quoi ressemblaient tes études de droit à Gaza ?

J'espère avoir bientôt de tes nouvelles,

Michelle

Zoran, Israël

23 octobre 2024

Chère Tala,

Je suis heureuse de t'écrire à nouveau, même si je me sens terriblement mal de le faire dans ces circonstances. Je n'aurais jamais imaginé que la guerre dure aussi longtemps. C'est la plus longue que j'ai connue et elle paraît interminable. Je suis désespérée et fatiguée. Je ne peux même pas imaginer ce que tu dois ressentir. Comment toi et ta famille parvenez-vous à rester en sécurité ?

Nous avons décidé de rentrer à Sdérot la semaine prochaine. Lorsque nous avons quitté notre maison l'année dernière, j'avais imaginé que nous y reviendrions une fois un cessez-le-feu conclu et les tirs de roquettes interrompus, comme nous l'avons toujours fait à chaque période de tensions. Cette fois-ci, nous allons rentrer non pas parce que nous y serons en sécurité, mais parce qu'avec l'extension de la guerre au Liban, c'est tout Israël qui est visé par des roquettes. Nous ne sommes en sécurité nulle part, alors je préfère être dans ma propre maison.

Retourner à Sdérot me procure des sentiments mitigés. Notre maison n'a heureusement pas été touchée, même si nous avons perdu une fenêtre à cause de l'onde de choc provoquée par un tir de missile. Mais dans notre rue, sur les bâtiments voisins, les impacts sont partout.

J'ai peur de la vie qui m'attend à Sdérot. Le danger, les tirs quotidiens. Dans le centre d'Israël, on avait presque une minute pour se mettre à l'abri lorsque les sirènes d'alerte retentissaient. Ici, comme on est plus proche de Gaza, on n'a que quinze secondes. Je fais confiance à notre système de défense, qui intercepte la plupart des missiles dans le ciel, mais aucun système n'est parfait. Des missiles passent à travers. Aujourd'hui, lorsque je me promène en ville, je me surprends à regarder fréquemment autour de moi, à calculer les distances qui me séparent de l'abri le plus proche. Combien de temps encore vivrons-nous dans cette situation ?

Depuis notre dernier échange, j'ai essayé de suivre la situation à Gaza. Ce n'est pas facile, car les médias ici n'en parlent pas. Je dois fouiller sur les réseaux sociaux. Je suis frustrée de voir à quel point les gens autour de moi sont si peu informés de ce qu'il se passe dans l'enclave. Récemment, une amie a partagé sur Instagram une photo d'un hôpital bombardé par les Russes en Ukraine. Je lui ai demandé si elle savait que vingt-quatre heures plus tôt, Tsahal avait bombardé un hôpital à Gaza [1]. Elle n'avait pas l'air d'être au courant et m'a reproché de lui poser la question. J'ai perdu beaucoup d'amis depuis le début de cette guerre. J'ai du mal à rester polie avec des personnes qui soutiennent les atrocités commises dans la bande ou qui ferment délibérément les yeux sur ce qu'il s'y passe. Comment parviens-tu à garder espoir ?

Il n'y a l'air d'avoir aucun endroit sûr à Gaza. Je vois des camps, des tentes et des hôpitaux

1. En octobre 2024, l'hôpital Shuhada al-Aqsa à Deir al-Balah et l'hôpital al-Ahli Arab à Gaza City ont été frappés à plusieurs reprises par l'armée israélienne.

détruits, des hommes, des femmes et des enfants qui souffrent. Je ne comprends pas comment les soldats qui larguent des bombes peuvent se regarder dans un miroir. Le pire, c'est qu'ils vivent à mes côtés. Ce sont les mêmes personnes que je croise dans la rue, qui me tiennent la porte au supermarché et m'aident dans le bus, qui larguent ensuite sciemment des bombes qui tuent des centaines d'innocents.

J'imagine que tu n'éprouves aucune compassion pour les Israéliens. Mais j'aimerais que tu comprennes que beaucoup de gens en Israël ont appris dès l'enfance qu'ils n'avaient pas d'autre choix que de combattre les Palestiniens, que c'était une question de survie : tuer ou être tué. Ils subissent un lavage de cerveau et pensent que ce qu'ils font est juste. Tout le monde doit s'engager dans l'armée à l'âge de dix-huit ans, et la plupart des Israéliens n'ont pas la possibilité de réfléchir de manière critique à cet engagement. Il ne m'est pas rare d'entendre d'anciens soldats, qui ont servi dans leur jeunesse, dire qu'ils l'ont regretté plus tard. Je suis persuadée que beaucoup de ceux qui servent actuellement finiront aussi par s'en vouloir.

J'ai récemment assisté à un séminaire aux Pays-Bas, à La Haye, sur le droit humanitaire international. J'ai été rassurée de voir que des gens du monde entier pensaient très différemment de ce que j'entends en Israël. J'ai dit à une Italienne que beaucoup d'Israéliens n'avaient aucune empathie pour les Palestiniens. Elle a eu du mal à comprendre comment on peut devenir haineux à l'égard de tout un groupe de personnes, même innocentes. Je sais qu'elle a raison, cela n'a aucun sens. Mais comment lui expliquer ?

Au cours du séminaire, une stratégie militaire des Alliés pendant la Seconde Guerre mondiale a été évoquée, celle de bombarder des zones civiles en Allemagne pour pousser la population à se soulever contre son gouvernement. Une technique considérée aujourd'hui comme immorale et contre-productive. Pourtant, en Israël, on continue de croire que les civils de Gaza bombardés vont se révolter contre le Hamas.

Je t'avais parlé de mon ami Hersh, pris en otage le 7-Octobre. Il y a deux mois, son corps a été retrouvé par l'armée israélienne dans un tunnel à Rafah, avec ceux de cinq autres otages, tous abattus par le Hamas. La nuit précédant l'annonce officielle de leur mort, des rumeurs circulaient déjà sur les chaînes Telegram. Je me souviens m'être endormie cette nuit-là en priant pour qu'elles se trompent. Au petit matin, mes prières n'avaient pas marché. Il était mort.

Pendant tous ces mois de captivité, son absence ne m'a jamais semblé réelle. J'ai passé d'innombrables heures à imaginer nos retrouvailles – l'endroit où nous nous reverrions, les mots que nous échangerions. Je voulais lui montrer comment son équipe de football favorite brandissait à chaque match des pancartes avec sa photo. Je voulais qu'il voie combien de personnes pensaient à lui. Autant de conversations imaginées qui resteront à jamais dans ma tête.

Hersh était gentil. Il croyait de tout son cœur en la paix et avait de nombreux amis palestiniens citoyens d'Israël. Ses parents ont passé l'année à militer pour un cessez-le-feu, espérant que ça le ferait revenir. On pense que lui et les autres otages ont été tués parce que leurs ravisseurs ont entendu l'armée israélienne s'approcher de leur position. Certains Israéliens imaginent encore qu'une action militaire pourrait permettre de ramener des otages, mais il est clair aujourd'hui que cela met davantage leur vie en danger. La libération de Noa Argamani [2] a été faite au prix de centaines de vies à Gaza.

Je pense qu'un accord peut être conclu pour mettre fin à la guerre, libérer les otages et nous épargner de nouvelles effusions de sang – cela aurait déjà dû être le cas. Depuis l'annonce de la mort des six, les manifestations appelant à un accord sur les otages se sont multipliées. J'y participe toujours, le cœur lourd. Il est trop tard pour mon ami.

Ma grand-mère a récemment développé une démence et a dû être transférée dans un établissement hospitalier pour personnes âgées. En faisant du tri dans sa maison et en rassemblant nos affaires de famille, j'ai pensé à toi et aux Palestiniens, et au fait qu'entre les expulsions et les bombardements, vous n'aviez sans doute pas pu accumuler de tels souvenirs, comme de vieux livres et des lettres. J'ai trouvé un livre sur Jaffa datant du début des années 1900 et dans lequel mes ancêtres sont mentionnés – je me suis demandé si les tiens ne

2. Noa Argamani, otage israélienne enlevée le 7-Octobre au festival de musique Nova, a été libérée le 8 juin 2024 lors d'une opération israélienne à Gaza. Cette opération a causé la mort d'environ 200 personnes, principalement des civils palestiniens.

l'étaient pas aussi. As-tu des histoires de famille ou des documents qui datent d'avant la Nakba ?

Ma sœur a quitté Israël pour Berlin. Elle n'a jamais été intéressée par la politique, mais elle m'a raconté qu'un de ses amis était allé se battre à Gaza. À son retour, il lui a offert un « cadeau » – une bague qu'il avait volée dans une maison de Gaza. Elle a refusé de la prendre et m'a dit que cela l'avait horrifiée. Je suis la dernière personne du côté de la famille de mon père à vivre en Israël. Ma sœur et moi étions la dixième génération de notre famille à vivre dans ce pays. Si un jour je choisis de partir moi aussi, ce sera la dernière.

La saison de la récolte des olives a commencé. Je sais que de nombreux Palestiniens en cultivent, en Cisjordanie notamment. Chaque année, des volontaires israéliens se rassemblent pour aider à la récolte, principalement pour empêcher les colons de commettre des actes de violence à l'encontre des Palestiniens. Bien qu'il y ait toujours eu des incidents violents, cette année l'a été particulièrement. J'ai vu des vidéos de mes amis attaqués à coups de barres de métal par des colons et touchés par des grenades de l'armée. Les colons, désormais soutenus par le gouvernement extrémiste actuel, multiplient leurs attaques.

J'irai quand même la semaine prochaine. J'adore cueillir des olives, car c'est à la fois un symbole de paix et un rappel de ce qu'il se passe sur notre terre. Mais cette année, j'ai peur. J'ai peur de la violence des colons et d'être exposée dans un champ, loin des abris, à de possibles attaques de roquettes sur Israël. Avez-vous aussi des oliviers à Gaza ? As-tu déjà récolté des olives ?

J'ai cru comprendre que tu n'avais pas encore quitté Gaza. Où es-tu actuellement ? J'espère que tu parviens à trouver des moments de paix malgré tout ce qu'il se passe.

À bientôt,

Michelle

Deir al-Balah, Gaza, Palestine

27 octobre 2024

Salut Michelle,

Je suis heureuse d'avoir de tes nouvelles. J'ai beaucoup pensé à toi, mais j'avais du mal à écrire, à justifier encore ma souffrance ou les actes de tel ou tel membre de mon peuple. La situation m'est insupportable.

Les bombardements n'ont pas cessé. Toute la bande est confrontée à des attaques continues. En particulier à Jabaliya [1], où la population est assiégée.

1. En octobre 2024, Jabaliya, une ville densément peuplée, a été la cible de bombardements israéliens intensifs, causant la mort de plusieurs centaines de civils et des destructions.

Je suis tout à fait d'accord pour dire que cette guerre est la plus longue de tous les temps. Je n'aurais jamais imaginé survivre à une année d'atrocités continues, à une armée qui tue des femmes, des enfants, des personnes âgées. Nous sommes tous des cibles, tous des menaces pour la sécurité d'Israël.

Ces jours-ci, j'essaie de rassembler ce qui me reste de concentration et d'énergie pour être utile ici. Je travaille pour le programme de protection de l'enfance mené par l'ONG Save the Children [2] (Sauver les enfants). On tente d'apporter un soutien psychologique aux enfants. Mon université, al-Azhar, détruite au début de la guerre, a recommencé à fonctionner en ligne, à proposer des cours afin que les étudiants puissent poursuivre leurs

2. Save the Children International, une ONG présente en Cisjordanie et à Gaza depuis 1973, intervient directement dans la bande de Gaza depuis octobre 2023. Face à l'effondrement du système de santé, elle a fourni une assistance humanitaire vitale à plus d'un million de personnes, dont des centaines de milliers d'enfants : distributions alimentaires, eau potable, kits d'hygiène et vêtements d'hiver, soutien médical dans des centres dédiés, vaccinations, espaces d'apprentissage temporaires, services de protection et de santé mentale pour les enfants, ainsi qu'un encadrement spécialisé pour les mineurs non accompagnés.

études. Il faut toutefois que les professeurs et les élèves disposent d'une connexion internet. Je suis vraiment fatiguée. J'aimerais que cette guerre se termine, que l'incertitude s'éloigne, que la peur d'être blessée ou de mourir qui me ronge de l'intérieur s'éteigne.

Ma famille va bien. Nous parvenons à trouver quelques haricots et de la farine. Nous cherchons une épicerie qui dispose de nourriture comestible et qui accepte les paiements par carte, car il n'y a plus d'argent liquide. Nous n'avons plus les moyens de nous procurer les produits de base comme des serviettes hygiéniques ou des mouchoirs en papier.

Je sais que le mois d'octobre est un mois de cérémonies et de fêtes pour les Juifs. Faute de personnels israéliens qui travaillent, aucune marchandise ou aide humanitaire n'est entrée dans la bande de Gaza ces jours-ci. Je suis curieuse d'en savoir plus sur vos fêtes et vos coutumes.

Je suis si contente – et terriblement jalouse – que tu puisses revenir chez toi à Sdérot. Tu sais ce que l'on ressent lorsqu'on est déplacée. Je me sens exilée et étrange. Ni l'endroit ni la routine ne me sont familiers. Le temps devient froid. Mes vêtements d'hiver me manquent. Être une fille, me vernir les ongles. Avoir un miroir est devenu un privilège. Je couperai mes cheveux et ferai de nombreux soins du visage quand la guerre sera finie. Je ne me reconnais plus. La guerre a brûlé nos visages et pris avec elle notre beauté.

Avoir quinze secondes pour évacuer et trouver un abri n'est pas suffisant pour emporter quoi que ce soit ou pour se préparer, comment fais-tu ? Lorsque tu reçois une alerte pour te mettre à l'abri, as-tu l'impression d'abandonner ta maison ? À Gaza, nous n'avons pas d'abris ni de lieux sûrs. Nous avions l'habitude de courir de la « zone rouge » à la prétendue « zone verte », censée être sans danger.

Je rêve de rentrer chez moi, à Gaza City, de revoir mon quartier al-Nasr, où les odeurs de jasmin dominent la nuit.

Les personnes qui soutiennent un gouvernement inhumain comme le tien en Israël sont aveugles. Elles ne voient pas que nous sommes frères et sœurs, qu'on nous tue de sang-froid. Je ne suis pas surprise que des pays les soutiennent encore. Si nous étions vraiment dans un monde démocratique, juste et respectueux des droits de l'homme, ça se saurait.

Tu m'as dit que tu étais un des derniers membres de ta famille à habiter en Israël. Tu es originaire de Jaffa, là où vivaient tes ancêtres. Tu ne t'y sens plus chez toi ? Pour moi, je ne peux pas dire avec certitude que Gaza est ma maison. Je n'ai jamais eu l'occasion de voir ailleurs. Mais je veux servir et reconstruire la Palestine. Résister, autrement. Écrire.

Michelle, personne sur cette planète ne peut nous comprendre, ressentir la souffrance de notre vie quotidienne, de nos conflits identitaires qui se répètent sur cette terre, voir des enfants grandir avec des cœurs remplis de haine. En fait, nous ne sommes pas ennemis. Nous ressentons la même chose.

Je suis désolée pour Hersh, ton ami disparu, j'aurais aimé que cela n'arrive jamais et qu'un cessez-le-feu puisse sauver le plus grand nombre possible d'innocents des deux côtés. Quand allons-nous arrêter de vénérer les morts et de combattre les vivants ?

Michelle, ta façon de parler de Hersh est si belle. Je pense que tu pourrais écrire sur lui, ses opinions, ce qu'il attendait de ce monde. Ça te permettrait d'exprimer aussi ce que tu ressens et ce que tu aurais aimé lui dire.

En ce qui concerne la récolte des olives, en tant que Palestinienne et musulmane, je considère l'olivier comme un symbole de générosité et de résilience. Les récoltes sont des moments de partage en famille. Nous portons des tenues brodées palestiniennes. La tradition veut que la récolte soit suivie d'un repas où nous mangeons des tomates au basilic et au poivre.

Malheureusement, ma famille ne possède pas de terrain, nous vivions dans un appartement. Mais, en 2022, je me suis portée volontaire avec mon ami Ahmad pour participer à une récolte. C'était une super expérience. Je rêve d'avoir un jour des oliviers à planter et dont je pourrais m'occuper quotidiennement. Je suis sûre que je m'attacherais à chaque branche, à chaque pétale.

Au début de la guerre, je me souviens avoir discuté avec une femme dévastée d'avoir perdu ses oliviers qu'elle avait plantés et arrosés tout au long de sa vie. Depuis, les soldats israéliens les ont brûlés et ont rasé ce qu'il restait de son terrain.

Michelle, je termine cette lettre par un poème que j'ai écrit. Tu me diras ce que tu en penses.

J'ai cessé d'être le soleil

Une masse jaune rougit comme un soleil
dehors, trop loin pour décorer le ciel

Chaleur émise
après une journée nuageuse

Sommeiller longtemps
pour comprendre quelle est la source

Ce n'est pas le soleil, ni mon esprit qui le traverse
J'ai cessé d'être le soleil

La nuit me couvre
J'ai peut-être raté mon chemin

Et ma tête se vide
C'est la voie coloniale

Nos cœurs invincibles

Ils créent et nous remplissent de questions
de colère et de méfiance

Comme un moyen de domination
Comme une façon d'éroder l'histoire

Déplacer des gens et exploiter leurs terres
Ils ont oublié que nous avions des cœurs
invincibles

qui s'enflamment et se reconstruisent, même à
partir de cendres.

À bientôt,

Tala

Sdérot, Israël

28 janvier 2025

Chère Tala,

Je t'écris cette lettre aujourd'hui alors que le cessez-le-feu est entré en vigueur. J'ai attendu si longtemps pour pouvoir écrire ces mots. Jusqu'à la veille de l'annonce officielle, j'ai retenu toute mon excitation, craignant que les négociations ne s'enlisent. En Israël, le gouvernement devait se réunir et signer officiellement l'accord – ils ont reporté cette réunion et j'ai eu peur qu'ils trouvent un nouveau prétexte pour refuser encore un cessez-le-feu. Mais après une réunion de huit heures, une majorité des ministres l'a approuvé.

Le lendemain, je me suis réveillée avec les sirènes. Heureusement, ma chambre est protégée comme un abri antibombe, donc je n'ai pas eu besoin de courir ailleurs. J'ai pensé que c'était bon signe. Je ne sais pas comment cela se passe pour toi, mais ici, chaque fois qu'un cessez-le-feu entre en vigueur, il y a toujours des roquettes et donc des sirènes dans les dernières heures. Certains appellent ça « vider les stocks ». Pour la première fois, l'alarme m'a presque rendue heureuse, car je crois que nous entrons réellement dans une période d'accalmie.

Comme je te l'avais annoncé dans ma lettre précédente, je suis retournée chez moi à Sdérot pour le début de l'année académique en novembre. En marchant dans la ville où je vis depuis quatre ans et que je connais depuis toujours, j'ai constaté que de nombreux quartiers ne sont plus reconnaissables [1].

---

1. Le 7 octobre 2023, environ 40 combattants du Hamas ont infiltré Sdérot, tuant 53 personnes, dont 37 civils, 11 policiers, deux pompiers et un soldat de Tsahal. La ville est régulièrement visée par des roquettes du Hamas (selon un article du *Times of Israel* : Emanuel Fabian, « 1,000 troops were in Sderot on Oct. 7, when they were urgently needed elsewhere, probe finds », 9 avril 2025, https://www.timesofisrael.com/1000-troops-were-in-sderot-on-oct-7-even-as-no-further-terrorists-invaded-city-probe-finds/).

Les magasins où j'avais l'habitude d'aller sont fermés, beaucoup de gens que je connaissais sont partis après le 7-Octobre et ne sont pas revenus. Ma mère est née dans cette ville, et deux de ses frères y ont vécu toute leur vie. Ma tante et mon oncle s'y sont installés lorsque Sdérot n'était encore qu'un camp pour nouveaux arrivants. Je me souviens leur rendre visite quand j'étais petite. Nous entendions les sirènes et courions nous mettre à l'abri. Je leur demandais constamment pourquoi ils ne déménageaient pas, puisque à Jérusalem, nous, nous n'avions presque jamais d'alertes aux missiles. Ils m'expliquaient combien ils aimaient leur maison, leurs voisins et leur vie, et qu'ils ne voulaient pas partir.

Le matin du 7-Octobre, avant l'aube, ma tante avait prévu de faire une promenade autour de la ville avec son groupe de marche. Ce jour-là, elle s'est sentie un peu malade et a décidé de rester à la maison. Deux membres de son groupe ont été abattus et tués pendant leur balade. Ça l'a profondément affectée – elle était terrifiée d'imaginer que cela aurait pu être elle et était accablée de chagrin. Depuis, ils ont quitté Sdérot et ne pensent pas revenir. L'atmosphère est étrange. Ceux qui sont encore là ont tous un membre de la famille ou un ami qui a été tué ou blessé ce matin-là.

Dans mon université, le climat reste tendu. La plupart des gens soutiennent désormais le cessez-le-feu, y compris certains qui s'y étaient auparavant opposés, et sont soulagés de voir un retour « à la normale ». Mais les opinions diffèrent largement. Certains sont sincèrement heureux que la guerre prenne fin, tandis que d'autres estiment qu'elle aurait dû continuer jusqu'à ce qu'Israël obtienne une « victoire absolue ». « La victoire absolue » va du démantèlement du Hamas à l'occupation permanente de Gaza. Récemment, nous avons eu une discussion avec une femme dont le mari est détenu en otage et dont le nom ne figure pas sur la liste des 33 qui doivent être libérés dans le cadre de cet accord. Elle a partagé son expérience horrible du 7-Octobre, racontant comment elle et ses petits enfants ont été traînés de chez eux à la maison d'en face. Ils ont été forcés de rester enfermés avec le corps de la fille aînée de leurs voisins qui avait été abattue. Elle nous a raconté comment sa fille de trois ans ne cesse de lui demander quand son père reviendra. Lorsqu'un étudiant lui a demandé si elle croyait encore à la paix, elle a répondu qu'elle avait toujours été consciente du conflit, avant d'ajouter : « La paix se signe avec des ennemis, pas avec des amis. » J'ai trouvé courageux qu'elle exprime sa position devant tout le monde, car c'est une opinion très controversée en ce moment. Les gens sont restés respectueux en sa présence, probablement à cause de sa situation. Mais après son départ, j'ai entendu des étudiants la traiter de naïve et de délirante, juste pour avoir pensé à la possibilité de la paix.

J'ai eu plusieurs conversations difficiles avec des camarades étudiants. Nous avons essayé de discuter d'un professeur qui, dans le cadre de son travail juridique, représente des détenus palestiniens, y compris ceux qui sont accusés d'attaques terroristes. Ce qui avait commencé comme un débat sur le droit à la représentation légale est rapidement devenu un sujet très chaud et personnel. Ces échanges se font souvent hostiles, les gens prennent les choses personnellement, remettent en question la loyauté et la moralité des autres au lieu de discuter de manière constructive.

Je ne sais pas ce que les prochains jours nous réservent, mais j'espère que les différentes phases de l'accord seront mises en œuvre comme prévu et que nous entrerons dans une période de paix relative. Tala, quels sont tes projets pendant cette période ? J'imagine à quel point la reconstruction de la vie à Gaza sera difficile. Les bombardements peuvent cesser, mais la destruction que j'ai vue en images dépasse l'imaginable. Comment peut-on revenir à sa vie d'avant quand tant de ce que l'on connaissait a été détruit ? J'espère sincèrement que tu pourras retrouver un endroit familier et te sentir un peu chez toi à nouveau.

Les otages ont commencé à revenir en Israël[2]. Leurs retours sont largement couverts par les médias – toutes les chaînes retransmettent chaque étape de leur libération. J'étais dans ma voiture en route pour un événement familial le jour du premier retour. J'ai suivi à la radio leur transfert par le Hamas à la Croix-Rouge, puis à l'armée israélienne, leur arrivée dans une zone protégée près de la frontière pour rencontrer leurs familles, et enfin leur départ en hélicoptère vers l'hôpital pour des soins et des examens. Mon cœur se remplit de soulagement en sachant qu'ils retrouveront leurs proches.

2. Entre janvier et mars 2025, une trentaine d'otages israéliens ont été libérés par le Hamas.

Les gens à travers le pays sont ravis de les voir revenir – après des mois à les suivre, beaucoup ont l'impression de les connaître personnellement. Le public est profondément attaché à ces familles, à leurs histoires, à leurs luttes. Bien que ce soit touchant de les voir se réunir, la couverture médiatique intense peut parfois paraître intrusive. À mesure que le cessez-le-feu se poursuit, plus d'otages reviendront à la maison, même si, pour le moment, nous ne savons toujours pas combien reviendront vivants et combien de familles ne recevront que des corps. Je trouve cynique de voir des ministres qui ont voté contre l'accord [3] exprimer maintenant leur joie. Je pense qu'ils devraient avoir honte, car ils étaient prêts à laisser ces gens en captivité. Je ne comprendrai jamais pourquoi cet accord n'a pas été signé plus tôt – avant la mort de Hersh et bien d'autres. L'oncle et le cousin d'un de mes amis d'école ont aussi été pris en otages le 7-Octobre : ils ont été retrouvés morts la semaine dernière, probablement tués par un bombardement

3. Plusieurs ministres de la coalition de Benyamin Netanyahou, dont Itamar Ben Gvir et Bezalel Smotrich, se sont opposés à l'accord de cessez-le-feu de janvier 2025. Ben Gvir et deux autres membres de son parti d'extrême droite ont démissionné temporairement du gouvernement après l'adoption de l'accord de cessez-le-feu.

israélien. Le fait qu'ils aient été si proches de revenir, que cet accord aurait pu être conclu plus tôt et sauver plus de vies, me remplit d'une douleur et d'une colère que je peine à contenir.

Si tout se passe comme prévu, j'obtiendrai mon diplôme de droit dans deux mois. Ces derniers temps, j'ai travaillé comme assistante de recherche, étudiant la manière dont Israël considère les territoires de la Cisjordanie d'un point de vue juridique. Mon travail consiste à examiner les décisions et législations pour analyser si Israël considère ces zones comme des territoires occupés ou sous son autorité directe. Je passe en revue des documents juridiques et fournis mes résultats à mon supérieur, qui compile nos recherches pour en faire une analyse. Ce travail m'a aidée à mieux comprendre des perspectives que je n'aurais pas vues autrement et à sortir de ma position d'Israélienne. Comment se déroulent tes études ? As-tu pu continuer malgré les circonstances ? Envisages-tu toujours d'étudier à l'étranger ?

Tu m'as demandé pourquoi je restais vivre en Israël. J'avoue que ce n'est pas une question facile pour moi. Cet endroit représente tant de choses que je connais – c'est ici que je comprends la langue, la culture, les fêtes, la musique, la nourriture… Mais il est vrai que ces derniers temps, je me sens de plus en plus comme une étrangère. Je croyais autrefois qu'il m'était possible de rester en militant pour la paix, que le changement pouvait venir de l'intérieur. Maintenant, je vois de plus en plus de voix qui appellent à la violence, à la revanche au lieu de la réconciliation. Bien qu'il y ait encore des gens ici qui partagent mes espoirs pour la paix et la justice, nous sommes devenus une minorité en voie de disparition. Je me sens seule face à ceux qui m'entourent. Nos valeurs fondamentales se sont tellement effritées.

Je voulais te remercier de m'avoir partagé ton poème, Tala. Tes mots sont puissants et profondément émouvants. Tu captures à merveille à la fois la douleur de la perte et la résilience de l'esprit. Tu as un talent remarquable avec les mots. J'espère que tu continueras à écrire et à partager ta voix avec le monde. La poésie permet de toucher le cœur des gens et les aide à comprendre des expériences qui, autrement, leur paraîtraient lointaines voire incompréhensibles.

Donald Trump a maintenant pris ses fonctions en tant que président des États-Unis. Récemment, ses déclarations concernant Gaza ont fait la une ici. Il a suggéré un déplacement massif des Palestiniens de Gaza, proposant de « nettoyer » des zones entières et évoquant un plan pour déplacer des millions de personnes vers des pays voisins. Certains lui attribuent le mérite d'avoir encouragé Israël à accepter un cessez-le-feu, mais je suis sceptique quant à ses véritables intentions. Il semble souvent jouer sur deux tableaux. Il fait des déclarations dramatiques sans être clair, ce qui rend ses actions plus difficiles à prévoir. Je comprends pourquoi certains ont été attirés par lui, au vu de la gestion de la guerre par le Parti démocrate, maintenant le statu quo alors qu'une action immédiate était nécessaire. À mon avis, en ce qui concerne la politique envers Israël, il n'y aura pas beaucoup de différence, les deux grands partis américains[4] ayant historiquement maintenu des positions similaires.

Je ne sais pas ce que l'avenir nous réserve, que ce soit dans les prochains jours ou à long terme. Si j'espère que nous pourrons reconstruire et retrouver un semblant de normalité, je sais que cette

4. Le Parti républicain et le Parti démocrate. Tous deux sont des fervents soutiens de l'État d'Israël.

guerre – la destruction massive et la perte tragique de vies civiles – restera à jamais une tache sombre et honteuse dans notre histoire. Je garde espoir que d'une manière ou d'une autre la situation nous mène vers la fin du blocus et de l'oppression systématique du peuple palestinien. J'espère que ceux qui ont vécu la souffrance dans cette région ne détourneront pas à nouveau le regard, que nous ne nous retrouverons pas à nouveau piégés dans ce cycle sans fin de violence. Cette fois, le monde ne peut pas oublier et retourner dans le silence.

À bientôt,

Michelle

Deir al-Balah, Gaza, Palestine

30 janvier 2025

Chère Michelle,

Je t'écris les larmes aux yeux. Je suis encore en état de choc, souffrant de stress post-traumatique. Il m'est difficile de croire que cette fois, ça y est, un cessez-le-feu est réellement entré en vigueur. Je suis totalement épuisée par toutes les pertes, le blocus et la situation dévastatrice que nous vivons.

Le 19 janvier, j'ai essayé de ne pas avoir trop d'attentes, car il devient encore plus difficile d'accepter la déception lorsqu'elle se répète sans cesse. J'ai donc attendu l'annonce officielle des deux côtés ici, à Deir al-Balah, avec toute ma famille rassemblée dans une pièce, la radio allumée. Lorsque le cessez-le-feu a finalement été annoncé, nous avons tous sauté de joie et prié pour le célébrer. J'ai cru pouvoir enfin souffler, que plus aucune atrocité ne serait commise. Cependant, peu après, des personnes ont été tuées lors des dernières minutes avant l'entrée en vigueur de la trêve. C'était sans doute une occasion supplémentaire pour le gouvernement israélien de tuer encore plus de Palestiniens… C'était un nouveau massacre sous prétexte de cibler des membres du Hamas.

Maintenant, je redoute qu'une fois les prisonniers libérés, le génocide recommence. Trois jours avant la signature de l'accord, l'association pour laquelle je travaille, Save the Children, a suspendu toutes ses activités sur le terrain en raison du risque de frappes massives. Depuis que le cessez-le-feu est entré en application, nous avons pu reprendre nos activités de soutien psychologique et social auprès des enfants et des soignants.

J'en ai profité pour étudier. Je poursuis toujours mon diplôme en droit à l'université al-Azhar. Mais la situation a gravement affecté mes études. Beaucoup de bâtiments de l'université ont été détruits, et je suis contrainte de suivre mes cours en ligne. Mes notes ont chuté, car je dois travailler sur des documents en PDF avec seulement quelques heures de batterie sur mon téléphone. Mes compétences en recherche, en lecture et en analyse se sont considérablement réduites. J'avais prévu de finir mon cursus en août, mais malheureusement, ça prendra plus de temps.

Ces derniers jours, je me suis rapprochée des miens, de ceux que je vois chaque jour dans le refuge. Je sais ce qu'ils aiment, comment était leur vie avant et ce qu'elle est devenue. Une femme m'a montré les peintures de son fils. Elle avait donné un nom aux plantes de son jardin. Sa préférée était le grenadier.

Je prends de plus en plus de plaisir à m'engager auprès de Save the Children comme accompagnatrice en soutien psychologique et social. J'ai réussi à tisser de vrais liens avec les enfants et leurs parents, et ils sont de plus en plus à l'aise à l'idée de nous demander de l'aide, des conseils, ou de partager leurs pensées. Mais mon cœur est lourd, et je suis accablée par le poids de toutes ces histoires. Le traumatisme prolongé et continu poursuit les Gazaouis jusque dans leur sommeil. J'ai rencontré une jeune femme de Jabaliya [1]. Elle n'a que vingt-deux ans, presque le même âge que nous, Michelle. Son histoire me hante comme un cauchemar. Pendant les dix premiers jours de ce génocide, elle séjournait chez sa belle-mère avec son mari, leur bébé et leur aîné. Soudain, un immeuble de trois étages s'est effondré sur eux. Lorsqu'elle a réussi à s'échapper, elle a trouvé son mari enseveli sous les décombres, ses mains croisées comme s'il tenait leur bébé – mais le bébé avait disparu. Parfois, elle s'accroche à l'espoir qu'il soit encore en vie, soigné par une autre famille. Elle a perdu son mari et ses deux enfants, et elle n'a pas eu la chance de les embrasser une dernière fois. Aujourd'hui, elle survit grâce aux souvenirs, ils lui donnent la force de continuer. Ce génocide aura laissé derrière lui des milliers d'orphelins, de jeunes veuves et de personnes handicapées.

Mon père et mes deux frères ont pu retourner à Gaza City. Étonnamment, mais heureusement, notre maison est toujours debout. Elle est évidemment très endommagée… Il n'y a plus de fenêtres, et l'intérieur a été brûlé. Les meubles ont disparu,

1. Voir note 1, p. 93.

et comme la plupart des bâtiments encore debout, la maison est inhabitable. Mon père et mes frères ont marché pendant sept heures pour l'atteindre, tandis que ma belle-mère, mes petites sœurs et moi sommes restées à Deir al-Balah. Je ne pourrais sans doute pas revenir chez moi de sitôt. Surtout que j'espère toujours que les frontières ouvrent un jour afin que je puisse quitter Gaza. Je crains de ne jamais revoir ma ville natale et de ne pas avoir l'occasion de lui dire au revoir.

Je sais que la situation dans le Nord est dramatique. Il n'y a pas d'accès à l'eau ni à internet. Mais ma maison me manque. J'ai envie de revoir mes livres et de faire ma valise. Je refuse d'être réduite à l'étiquette de « déplacée ». Ce que je désire avant tout, c'est tirer les leçons de ces épreuves et effacer les stigmates que l'on nous a laissés – comme l'attente désespérée de l'aide humanitaire pour nourrir ma famille ou l'exploitation économique qui nous a menés à la misère.

Gaza est ma maison, et nous avons lutté pour la préserver. Je n'oublierai jamais comment des hommes, des femmes et des enfants ont été prêts à tout abandonner, dormir au poste de contrôle de Nweiri Hill[2] simplement pour revoir leurs maisons en ruines. Je réalise que nous avons tout perdu, tout ce qui nous était cher, simplement pour pouvoir rester ici. En t'écrivant, je ne peux m'empêcher de craquer.

Michelle, j'ai vu les images de la libération des prisonnières israéliennes. Elles avaient l'air en bonne santé, même si je sais qu'elles ont été déplacées de chez elles de force et utilisées comme monnaie d'échange pour libérer les prisonniers palestiniens. Pourquoi les appelez-vous toujours des otages, alors que le gouvernement israélien a délibérément retardé l'accord ces derniers mois pour les libérer et a bombardé les endroits où ils sont détenus ?

De toute manière, ce sont nos deux peuples qui sont sacrifiés dans cette guerre. Les soldats israéliens ont commis des massacres, dans une tentative d'éradiquer notre peuple. Beaucoup des maisons

2. Des centaines de milliers de Palestiniens ont profité du cessez-le-feu, en janvier 2025, pour retourner voir leur maison dans le nord de l'enclave. Plusieurs d'entre eux ont dormi au poste de contrôle de Nweiri Hill, dernier point accessible vers Gaza City, près du corridor de Netzarim où stationnent les forces armées israéliennes.

de mes amis ont été complètement détruites, y compris celle de Fatima [3] à Rafah. Elle m'avait accueillie chez elle lorsque ma famille et moi étions déplacés dans le Sud. Je me souviens de leurs deux oiseaux colorés dans le jardin. Malheureusement, ils n'ont pas survécu parce qu'ils ont été privés de nourriture. Les graines pour les oiseaux sont interdites d'entrée dans Gaza. Il paraît qu'elles pourraient être utilisées à des fins militaires…

Je t'envoie plein d'amour, Michelle. Je vois maintenant à quel point tu es une personne humaine et bienveillante. Nous nous battrons toutes les deux pour vivre dans un monde plus juste.

Tala

3. Fatima est une amie de Tala (voir la lettre du 29 mai 2024).

Sdérot, Israël

18 mai 2025

Chère Tala,

Ça me pèse de t'écrire à nouveau. La dernière fois – en janvier –, je croyais sincèrement que la guerre allait s'arrêter définitivement [1]. Et pourtant, nous en sommes toujours là. Honnêtement, je me sens abattue. J'ai énormément de mal à t'écrire cette lettre. J'ai l'impression de ne plus savoir quoi dire, de ne plus savoir quoi faire non plus. J'ai manifesté, j'ai écrit, j'ai parlé, j'ai utilisé tous mes

1. Le cessez-le-feu signé entre Israël et le Hamas le 15 janvier 2025 et entré en application le 19 janvier 2025 a été rompu par Israël qui a repris les bombardements le 18 mars 2025.

réseaux sociaux, j'ai collecté des fonds, et pourtant, rien, absolument rien n'a changé. Je me sens plus petite et plus impuissante que jamais face à cette guerre que je suis incapable d'arrêter.

À mon université, un groupe d'étudiants dont je fais partie a récemment organisé une projection de *No Other Land*[2], un film puissant réalisé par des Israéliens et des Palestiniens sur le village de Masafer Yatta, en Cisjordanie. Ce long-métrage a reçu une large reconnaissance internationale et a même remporté un Oscar, je ne sais pas si tu en as entendu parler. Au début de la projection, des personnes, debout au fond de la salle, se sont mises à crier, nous ordonnant de l'arrêter. Quelques minutes plus tard, d'autres personnes sont arrivées, rassemblées à l'extérieur de la salle, frappant à la porte, hurlant des insultes et des menaces. L'une d'entre elles a coupé l'électricité du bâtiment, nous plongeant dans le noir, et rendant la projection impossible. Elles étaient peut-être une vingtaine à manifester contre notre projection. J'ai appris plus tard que l'événement avait été partagé dans des groupes d'organisations d'extrême droite appelant

2. En Israël, plusieurs responsables politiques l'ont qualifié d'« antisémite ». Voir note 8 p. 31.

à interrompre le visionnage du documentaire. Certains n'étaient même pas étudiants et n'avaient rien à faire dans notre université. D'autres se vantaient de revenir tout juste de leur service militaire à Gaza. Dans tous les cas, ces manifestants n'avaient pas vu le film. Ils ne savent pas ce qu'il montre et ne voudront d'ailleurs jamais le savoir.

La police a dû intervenir pour calmer le jeu et nous protéger. Et pourtant, de manière inexplicable, elle a permis aux manifestants d'entrer, refusant de protéger l'entrée de l'université. Quand nous avons demandé aux forces de l'ordre de nous laisser rétablir l'électricité pour pouvoir reprendre la projection, elles ont répondu que leur rôle n'était pas de nous aider à regarder le film, mais d'empêcher les violences. J'ai eu le sentiment qu'elles étaient plus solidaires des manifestants que de nous.

Nous n'avons pas pu finir la projection ce jour-là, et nous avons dû être escortés par la police jusqu'à l'extérieur de l'université. Personne n'a été blessé, mais leur intention était claire : semer la terreur et faire peur à ceux qui osent sortir du rang. Et pour être honnête, j'ai moi-même eu peur.

Protester contre le gouvernement, ici, est de plus en plus risqué. La police interdit aux manifestants de porter des pancartes avec les visages d'enfants de Gaza tués – même des images non choquantes, juste leurs visages, avant leur mort. La marche annuelle du Retour, organisée par les citoyens palestiniens d'Israël pour commémorer la Nakba, n'a pas été officiellement interdite, mais les conditions imposées par la police l'ont rendue impossible : pas plus de 700 manifestants (alors que des milliers y participent habituellement), aucun véhicule privé autour du lieu, ni de drapeau palestinien. Finalement, les organisateurs ont choisi de l'annuler, craignant que les règles draconiennes n'entraînent des arrestations ou des violences contre les participants.

Tala, quand le nord de Gaza est bombardé, le bruit des bombes est tellement fort que je l'entends depuis mon appartement à Sdérot. Parfois, les fenêtres tremblent, vibrent. Il y a deux semaines, nous avons célébré la Journée nationale de commémoration de la Shoah en Israël. À 10 heures du matin, une sirène a retenti pour marquer une minute de silence et honorer la mémoire des victimes. Toute la journée, j'ai entendu les bruits lointains des bombardements et j'ai ressenti un profond malaise. Je crois que pour certains, continuer à bombarder en ce jour particulier était une manière d'affirmer leur force. Je n'arrive tout simplement pas à comprendre ce qui peut se passer dans la tête de quelqu'un qui passe sa journée à bombarder des êtres humains. Souvent, je pense à cette phrase du professeur Yehuda Elkana, survivant de la Shoah et historien : « Deux nations sont sorties d'Auschwitz, une minorité disant "plus jamais ça", et une majorité, effrayée et anxieuse, disant "plus jamais ça pour nous" [3]. » Aujourd'hui plus que jamais, je crois qu'il avait raison.

À mesure que les actions du gouvernement deviennent plus répressives, je retrouve un peu d'espoir en voyant plus de citoyens lambda s'exprimer. Je me souviens que dans une de mes lettres précédentes, je t'avais écrit que la majorité des Israéliens soutenaient la guerre. Je ne peux pas dire que cela a totalement changé, mais j'observe aujourd'hui plus de voix dissidentes. Depuis le cessez-le-feu, de nombreuses personnes appellent à la fin de la guerre ou expriment leur refus d'y participer. La plupart motivent leur refus, bien sûr,

3. « The Need to Forget », *Ha'aretz*, 2 mars 1988. Extrait traduit par Dimitri Krier.

par des préoccupations concernant les otages et la crainte que l'action militaire en cours ne compromette un éventuel accord pour leur retour. Mais j'en ai entendu certains dire qu'ils pensent avoir été témoins de crimes de guerre, et qu'ils refusent d'y prendre part. Pour toi, cela semble être une évidence, mais ici, c'est un tabou profond. Le consensus général a toujours été de servir quand on est appelé, peu importe ses convictions personnelles.

Récemment, nous avons appris en Israël que quinze secouristes avaient été tués par l'armée à Rafah dans d'affreuses conditions. Je pense que nous sommes, alors même que c'est notre armée qui les a tués, parmi ceux qui en ont entendu le moins parler dans le monde. Mais beaucoup d'Israéliens ont été sincèrement touchés et bouleversés par cette histoire. Non seulement les actes des soldats étaient horribles, mais les tentatives de leurs supérieurs pour couvrir l'affaire et nier les faits étaient tout aussi choquantes. Ces événements obligent de plus en plus de gens à s'interroger sur ce qui se passe réellement.

Tala, je pense constamment à toi. Comment vas-tu ? Où es-tu maintenant ? Je me demande ce qui t'est arrivé depuis la fin du cessez-le-feu. Est-ce que tu as pu rester au même endroit ou as-tu dû encore une fois fuir ? Les infos nous disent si peu sur ce que vous vivez à Gaza. Je ne peux pas imaginer ce que tu as vécu ces dernières semaines. Es-tu en sécurité ? As-tu accès aux besoins essentiels ?

À bientôt,

Michelle

Deir al-Balah, Gaza, Palestine

26 mai 2025

Chère Michelle,

Lorsque j'ai reçu ta nouvelle lettre et que j'ai pensé à t'écrire en retour, je me suis rendu compte que cela faisait plus d'un an que nous nous écrivions – et cela m'a rappelé à quel point je suis piégée ici. Je n'aurais jamais imaginé que ce projet durerait aussi longtemps. Je croyais sincèrement que ces atrocités et ces injustices auraient déjà pris fin. Mais il semble que le Mal soit plus efficace que le Bien dans ce monde.

Écrire est devenu plus qu'un moyen de gérer mes émotions, c'est une façon de documenter notre vie quotidienne à Gaza. Mais c'est difficile. Mon esprit est submergé, mon corps est affamé. J'ai une fatigue constante, des maux de tête incessants et une incapacité à me concentrer. Chaque jour qui passe me convainc un peu plus que cette guerre n'a jamais réellement eu pour but de combattre le Hamas. Elle a employé toutes les tactiques imaginables pour tuer et effacer la vie palestinienne.

En utilisant la nourriture et l'eau comme armes, en nous privant de nos besoins les plus fondamentaux, Israël nous a poussés à bout et a fait de nous des monstres, qui peinent en vain à survivre. J'ai eu le cœur brisé l'autre jour quand mon père m'a donné son seul morceau de pain pour que je puisse manger. J'ai pleuré. Je me suis sentie coupable et égoïste, mais mon père ne mangera pas tant que j'aurai encore faim.

Les enfants qui assistent à mes séances chez Save the Children ne peuvent même plus se tenir debout. Ils restent assis, silencieux, sans jouer – non pas parce qu'ils n'en ont pas envie, mais parce que leurs corps sont trop faibles. Ils n'ont ni énergie ni nourriture pour les soutenir.

Je vis actuellement entre le Sud et le Nord. En semaine, je reste chez une amie à Deir al-Balah. Il y a trois chambres dans la maison, et j'en occupe une temporairement. Nous partageons le peu de nourriture, de gaz et d'eau que nous avons. La maison est proche de mon travail – je suis toujours animatrice en protection de l'enfance dans une clinique de santé –, alors je m'y rends à pied puis nous prenons un petit bus. En chemin, il m'arrive d'apprécier le chant des oiseaux et la brise fraîche dans les arbres. Un semblant de normalité persiste.

Le week-end, je vais dans le Nord, à Gaza City, pour voir mon père et mes frères et sœurs – ils sont revenus dans l'appartement où nous vivions avant la guerre, le loyer a doublé et coûte maintenant 400 dollars [1]. Je suis constamment stressée toute la semaine. Je ne veux pas être séparée d'eux, mais je ne peux pas non plus arrêter de travailler. Et Save the Children n'a pas repris ses activités dans le Nord à cause de l'instabilité permanente. Quand je reviens les voir, j'essaie de leur apporter tout ce qui peut être utile. Mercredi, j'ai cherché pendant des heures du lait en poudre, qui m'a coûté 25 dollars [2], pour

1. Environ 350 euros.
2. Environ 21 euros.

mes sœurs. Elles mangent un seul repas par jour – généralement des pâtes, car il n'y a plus de farine. Mes frères et sœurs, mes parents me manquent. Parfois je me demande si je ne vais pas regretter de ne pas passer tous les instants de cette guerre à leurs côtés.

Au départ, j'ai essayé de m'installer à un seul endroit. J'ai même loué un logement une fois – pour une nuit – avant d'être attaquée par une invasion de cafards. Je n'ai pas pu dormir tant je les imaginais ramper sur ma peau. Ils étaient partout – sur les murs, dans ma petite réserve de tomates et de concombres. Je ne pouvais pas le supporter. J'ai gratté ma peau pendant des heures.

Alors, je fais les allers-retours. Je monte dans le Nord en tuk-tuk – le seul moyen de transport disponible. En général, il y a dix personnes assises ou debout. Le trajet de Deir al-Balah à Gaza City coûte 15 dollars [3]. Le soleil tape fort, le véhicule est bondé et le carburant est cher. Sur le trajet, je n'ai même plus la force de regarder la mer et les ruines des immeubles effondrés. J'essaie juste de m'accrocher à un coin du tuk-tuk pour ne pas tomber ou me faire

3. Environ 13 euros.

mal. Il tangue sans cesse, et les gens se blessent souvent. L'odeur du carburant – mêlée à celle des débris brûlés et pourris – me donne la nausée.

Je n'oublierai jamais la première fois où j'ai été agressée durant un des trajets. Un homme étrange dans le véhicule bondé a essayé de me toucher. Au début, j'ai cru que c'était accidentel. Mais il a recommencé, et j'ai dû lui crier d'arrêter. Heureusement, cela n'est pas allé plus loin. Je me demande si le génocide ne transforme pas le comportement des gens.

Jour après jour, je suis de plus en plus convaincue qu'il n'existe aucun État véritablement démocratique dans ce monde. Comment un pays peut-il se prétendre démocratique et juste, tout en interdisant un film parce qu'il exprime des idées opposées au pouvoir ? Les systèmes les plus faibles sont les plus barbares. Les gouvernements ont peur de toute forme de dissidence.

J'étais censée obtenir mon diplôme en août dernier. Je rêvais d'étudier à l'étranger, mais rien de tout cela ne s'est réalisé. J'ai cessé de planifier l'avenir et j'ai décidé de vivre au jour le jour. Je m'occupe l'esprit pour ne pas affronter ce qui m'entoure. Je prépare le test IELTS [4]. Je prends des cours de droit à l'université. Je lis des livres sur les relations et l'amour – comme *Tout ce que je sais sur l'amour* de Dolly Alderton. Je rêve un jour d'avoir une famille stable, de trouver quelqu'un qui me respecte et partage mes valeurs et mes objectifs. Mais sortir avec quelqu'un pendant un génocide semble impossible. Nous n'avons même pas le privilège de planifier ce qu'on va faire cinq minutes à l'avance. J'hésite à nouer des relations maintenant, car nous sommes tous épuisés émotionnellement.

Je lis aussi *Parler pour que les enfants apprennent à la maison et à l'école* d'Adele Faber et Elaine Mazlish. Mais rien ne me distrait de la peur d'être déplacée à nouveau – ou de mourir, de famine, de maladie ou sous les bombes.

Je suis curieuse – quel genre de famille rêves-tu d'avoir ? Aimes-tu lire des livres sur les relations et les enfants ? Envisagerais-tu de te marier ou d'avoir des enfants en temps de guerre ?

Je crois qu'il est important de partager ma voix avec toi. Sans aucun doute, nous devons écouter,

4. L'IELTS est une certification internationale d'anglais.

lire et comprendre ce qui se passe – non seulement en Palestine, mais aussi en Israël.

Prends soin de toi,

Tala

Sdérot, Israël

16 juillet 2025

Chère Tala,

Je suis heureuse que tu trouves un certain réconfort dans l'écriture. Tes lettres sont bien plus que de simples textes personnels, ce sont des fenêtres ouvertes sur une réalité difficile à comprendre mais pourtant essentielle. Tu m'as dit une fois que tu avais l'impression que les vies à Gaza étaient réduites à des nombres. Ta capacité à saisir à la fois les luttes quotidiennes et les questions plus profondes sur l'humanité dans des circonstances aussi difficiles est remarquable. Je pense que quiconque lit tes mots se sent plus proche du peuple de Gaza. Tu nous montres l'humanité que les statistiques ne peuvent pas rendre. À travers tes mots, tu donnes des noms, des visages et des histoires à des personnes qui, autrement, ne seraient pas entendues.

Alors que j'écris cette lettre, les médias parlent d'un possible cessez-le-feu. Pour être honnête, je ne suis pas optimiste. Notre gouvernement compte de nombreuses personnes qui rêvent de réinstaller les colonies à Gaza [1], elles n'approuveront pas une véritable fin de la guerre, et reprendront sûrement ensuite les attaques.

Je pense que tu as raison de dire qu'il n'existe pas de vrais États démocratiques. Il semble que beaucoup de pays condamnent les violations des droits humains mais refusent d'agir. J'ai le sentiment que pour les dirigeants, l'argent, la vente

1. Depuis le 7 octobre 2023, les alliés d'extrême droite de Netanyahou, dont les ministres Itamar Ben Gvir et Bezalel Smotrich, ainsi qu'une partie du Likoud, le parti de droite du Premier ministre, ne cessent d'appeler à la recolonisation de Gaza et prônent l'élargissement des frontières de l'État hébreu. Netanyahou est officiellement opposé à une nouvelle occupation du sud du Liban et de Gaza, dont l'État hébreu s'était retiré respectivement en 2000 et 2005, mais l'extrême droite religieuse et nationaliste, avec qui il gouverne depuis fin 2022, profite de la guerre pour propager ses théories messianiques et racistes, dont celle d'un « Eretz Israël », le « Grand Israël ».

d'armes et les intérêts politiques personnels comptent davantage que les tragédies qui se déroulent dans le monde. En Israël, notre gouvernement est fragile. Notre Premier ministre Benyamin Netanyahou est moins populaire qu'avant, et il fait face à des procédures judiciaires en Israël, tout comme à l'international, où il est sous mandat d'arrêt de la Cour pénale internationale. Il faut au moins 61 députés pour que sa coalition reste au pouvoir. Pour cela, il s'est allié à l'extrême droite la plus radicale. Et s'il ressent la pression de la communauté internationale pour mettre fin à la guerre, il fait aussi face à celle de ses alliés qui quitteront la coalition s'il cède. Il serait alors contraint d'organiser de nouvelles élections, qu'il pourrait perdre.

Le mois dernier, Israël a attaqué l'Iran, et nous avons été en état d'urgence pendant douze jours, forcés de rester chez nous, près de nos abris. C'était une période effrayante. Vingt-huit personnes sont mortes en Israël, et plus de 3 000 ont été blessées. Nous étions essentiellement confinés, sans savoir quand la prochaine alerte retentirait. J'ai vu quelques missiles filer dans le ciel, même si la plupart visaient le centre d'Israël plutôt que notre région du Sud. Ici, nous sommes un peu mieux protégés que les habitants de Tel-Aviv : dans le Sud, la plupart des maisons ont des abris intégrés, alors qu'au centre, les gens doivent se précipiter vers des abris publics à chaque alerte. À la télé, les chaînes d'info ont répété en boucle que les Iraniens étaient proches de développer l'arme nucléaire, et que nous devions les attaquer pour cette raison. Je pense que beaucoup ont cru à cette menace imminente, la majorité de mon peuple soutenait ces attaques. Pour moi, c'était juste une nouvelle escalade dangereuse, servant comme d'habitude les intérêts des leaders, perpétuant un cycle de violence incontrôlable. Deux des victimes israéliennes étaient de ma famille éloignée, un couple âgé dont la mort a profondément affecté de nombreuses personnes de mon entourage. Quand les alertes sonnent, les abris protègent des missiles s'ils tombent à côté mais ne résistent pas en cas d'impact direct, et tout ce que tu peux faire, c'est prier. Bien sûr, je comprends que c'est un danger bien moindre que celui dans lequel tu vis constamment, car les frappes restent bien plus faibles et plus ciblées que celles qu'Israël lance sur Gaza.

Depuis plus de trente ans, Netanyahou parle de l'Iran, affirme qu'ils sont sur le point de développer une bombe atomique. C'est devenu presque une blague en Israël. À chaque fois qu'il est confronté à une manifestation ou à une quelconque colère de la société, il invoque l'Iran. Les gens se plaignent du coût de la vie dans le pays et Netanyahou fait un discours sur l'imminent danger iranien. En 2021, un hashtag populaire circulait même sur Twitter : #but_Iran (« #mais_l'iran ») – les gens écrivaient, par exemple : « Je dois consacrer plus de la moitié de mon salaire pour payer mon loyer #but_l'iran. »

Je crois que cette fois-ci, Netanyahou voulait surtout regagner un peu de popularité, en baisse depuis l'année dernière. Après les douze jours de guerre, les infos ont annoncé que nous avions retardé le projet nucléaire iranien. L'avons-nous vraiment fait ? Ce projet a-t-il déjà été une menace pour nous ? Développent-ils vraiment des armes nucléaires ? Je ne sais pas, mais je sais que près de 1 000 personnes sont mortes en Iran et 28 en Israël, avec des milliers de blessés, et que Netanyahou remonte dans les sondages pour avoir « éliminé la menace », alors j'imagine que pour lui, c'est une victoire.

Ce qui m'a le plus troublée, c'est que je n'ai entendu aucun mot sur les victimes civiles en Iran dans nos médias, seulement que des combattants étaient morts. Ce n'est qu'en regardant les réseaux sociaux que j'ai vu le visage des innocents et des enfants tués dans cette escalade absurde.

J'ai été surprise de lire ta question sur le mariage, car c'est une question à laquelle j'ai beaucoup réfléchi ces derniers mois. Je me suis fiancée à mon petit ami il n'y a pas longtemps, nous sommes ensemble depuis presque huit ans, et nous avons toujours pensé qu'une fois mes études terminées, ce serait un bon moment pour nous marier. Mais j'ai retardé tous les préparatifs parce que je ne peux pas imaginer organiser une célébration dans ces circonstances. J'ai dit à ma mère que je voulais attendre la fin de la guerre, elle m'a comprise, mais certains membres de la famille et amis ne comprennent pas. Ils disent que ça ne changera rien et qu'il ne faut pas arrêter de vivre, que ce n'est pas de ma faute et que je ne peux rien y faire. Pourrais-je vraiment être heureuse en servant un bon repas à mes invités alors que des gens, tout près, meurent de faim ? Comment pourrais-je regarder dans quelques années mes photos de mariage en sachant que des gens mouraient à une dizaine de kilomètres ? Je ne crois pas que je pourrais.

En mars, j'ai obtenu mon diplôme de droit. Je crois que nous étions dans la même année universitaire quand nous avons commencé à échanger, peut-être même étais-tu un peu en avance sur moi. Alors que ta situation a toujours été très différente de la mienne, bien plus dure, je crois qu'au début, nous étions toutes deux dans des contextes difficiles, ayant perdu des proches, loin de nos maisons, nos écoles fermées. Mais d'une certaine manière, ma vie a continué. Je te parle de jours difficiles, d'escalades extrêmes, de guerres et de luttes personnelles, mais la vérité, c'est que j'ai presque honte de te parler de ça après avoir lu à quel point tu te bats pour survivre. J'ai le luxe d'une routine qui t'est refusée. En Israël, certains ont des proches dans l'armée et ressentent leur absence, les familles des otages vivent toujours dans la peur, mais la vie quotidienne continue ici.

Mon but en t'écrivant n'a jamais été de comparer nos situations, je sais bien qu'il n'y a aucune comparaison possible entre ta réalité et la mienne. Mon objectif était de dire que, même si nos souffrances sont d'ampleurs très différentes, nous sommes tous affectés d'une manière ou d'une autre. Je veux que ceux qui lisent nos lettres, qu'ils soutiennent Israël ou la Palestine, comprennent que cette situation ne profite à personne, sauf aux intérêts égoïstes de dirigeants qui n'en paieront jamais le véritable prix.

À bientôt,

Michelle

Gaza City, Palestine

21 juillet 2025

Chère Michelle,

Je suis tellement heureuse d'apprendre que mes mots ont résonné en toi – une fenêtre sur ce qui se passe ici. J'ai toujours ressenti la responsabilité de documenter et de transmettre les histoires et les expériences que nous vivons – comme source de réconfort pour ceux qui se sentent seuls, et comme archive pour mon peuple qui disparaît. Les gens meurent quand on les oublie. C'est pourquoi je fais de mon mieux pour garder des noms et des visages vivants à travers mes lettres.

La vie à Gaza va vite. J'avais prévu d'écrire cette lettre depuis ma nouvelle chambre louée à Deir al-Balah. J'ai récemment choisi de déménager là-bas pour économiser de l'énergie et gagner le temps que je perds à faire sans cesse l'aller-retour entre le Nord et le Sud. Je paie environ 150 dollars [1] par mois pour une chambre avec salle de bains. C'est un tournant dans ma vie, je n'avais jamais vécu loin de ma famille auparavant. Mais ce déménagement m'a aussi confrontée à des réalités dures – la difficulté d'avoir assez de nourriture surtout [2]. Il m'est arrivé de ne pouvoir m'acheter que quelques tomates et aubergines – les choix sont très limités. Un kilo de tomates coûte désormais 90 shekels [3]. J'aime la bonne cuisine – nos plats traditionnels me manquent terriblement ces

1. Environ 131 euros.

2. « Les habitants de Gaza ne sont ni morts ni vivants, ce sont des cadavres ambulants », a rapporté Philippe Lazzarini, le chef de l' UNRWA le 23 juillet 2025 alors que le rythme des décès liés à la malnutrition s'accélère dans l'enclave : 101 personnes sont mortes de faim à Gaza depuis le 7-Octobre. Le Programme alimentaire mondial (PAM) estime qu'une personne sur trois passe désormais des journées entières sans manger.

3. Environ 23 euros.

jours-ci. Je rêve de manger du *musakhan*[4] et de la *sumaqiyya*[5].

Mais voilà qu'hier encore, de nouveaux ordres d'évacuation ont été lancés pour Deir al-Balah. La chambre que je loue n'était pas située dans la zone désignée, alors je ne suis pas partie. Après avoir terminé mon travail, je suis rentrée pour me reposer et manger un peu. Mais à 22 heures, les frappes aériennes ont commencé, avec des bombardements très intenses. C'était l'une des nuits les plus sombres et bruyantes que j'ai passées – seule, sans ma famille ni mes amis. Je me suis éloignée des fenêtres, recroquevillée contre un mur, priant pour survivre et voir la lumière du matin arriver. Les bombardements ne se sont pas arrêtés, et je n'ai pu fermer l'œil qu'à 5 h 30, quand j'ai vu le soleil se lever. Je ne peux pas fonctionner correctement sans repos ni nourriture, alors j'ai décidé pour l'instant de quitter cette chambre et je suis retournée dans le Nord avec ma famille. C'est là que je t'écris, donc, à Gaza City. Je vais reprendre mon travail humanitaire comme animatrice, en passant du

---

4. Un plat palestinien à base de pain, d'oignons et de poulet.
5. Un ragoût typique de Gaza à base de viande, d'aubergines, et d'épices.

temps avec les enfants et les aidants. Oui, cela me demandera plus d'énergie et de trajets, mais pour l'instant, c'est le choix le plus sûr.

Je crois que toi et moi étions au même stade de nos études, oui. Je n'ai pas encore obtenu mon diplôme, mais je prévois de terminer tous mes cours d'ici janvier 2026. Étudier en ligne est difficile. Je dois souvent me rendre dans des cybercafés pour télécharger les cours et les livres. J'ai une mémoire visuelle et auditive – j'avais même l'habitude d'apprendre avec des livres papier, en surlignant des passages, en prenant des notes, puis en écoutant les cours pour bien mémoriser. Le droit est une discipline pleine d'exceptions, de doctrines et de principes qui nécessite d'être rigoureux. Actuellement, je peine à suivre le rythme entre les cours, les lectures, les devoirs et les examens.

Malgré tout, je retrouve un semblant de normalité lorsque je m'assois dans un café à ciel ouvert pour lire. Le dernier livre que j'ai lu était le journal de Golda Meir [6]. Il est venu sur le tapis lors d'une

---

6. Golda Meir a été Première ministre d'Israël entre 1969 et 1974. Elle était au pouvoir pendant la guerre du Kippour (1973) et a adopté une position ferme contre les Palestiniens,

discussion avec des collègues. On débattait à propos d'une proposition fictive de travailler avec des enfants israéliens et de leur offrir un soutien psychologique en temps de guerre. Certains ont affirmé qu'ils n'accepteraient jamais, prétendant que ces enfants grandiraient pour nous tuer sans hésiter. Moi, j'accepterais cette offre. Je suis prête à aider tous les enfants, quels que soient leur nationalité, leur religion ou leur genre. L'une de mes collègues, campant fermement sur sa position, m'a suggéré de lire ce livre – c'est ainsi que je l'ai découvert.

J'ai donc trouvé une traduction arabe des mémoires de Golda Meir, initialement publiés en anglais sous le titre *My Life*, en 1975. Elle y livre un récit, à la première personne, de sa vie, de son parcours politique et du développement historique d'Israël. Après avoir lu les premières pages, où elle évoque ses traumatismes, j'ai cru qu'elle pourrait comprendre notre cause, celle des Palestiniens, ayant elle-même vécu la persécution et la discrimination religieuse. Au contraire, elle s'est révélée être l'une des défenseuses les plus acharnées de l'expulsion des Palestiniens et de l'emploi de la violence

---

refusant de reconnaître l'existence d'une identité nationale palestinienne.

pour effacer notre présence et nos droits sur cette terre.

J'étais également convaincue que la guerre entre l'Iran et Israël ne durerait pas longtemps. Je n'ai jamais cru que l'Iran agissait pour notre cause. Ils jouent tous un jeu politique, chacun au service de ses propres intérêts.

Concernant ton mariage, je te souhaite tout le bonheur du monde et t'adresse toutes les bénédictions dans les préparatifs à venir. C'est une chance rare de trouver à la fois l'amour et un partenaire de vie en une seule et même personne. L'un de mes rêves est de fonder une famille paisible et épanouie – c'est pourquoi je tiens tant à vivre dans un endroit sûr et respectueux, où un tel avenir est réellement possible.

Je crois aussi qu'il n'est pas très réaliste de remettre les grandes décisions de la vie – comme celle de te marier ou non en temps de guerre – à plus tard, en espérant que « la situation s'améliore ». Nous ne pouvons pas prédire si, ni quand, les choses changeront. Mais l'humanité que tu portes dans tes pensées est précieuse – elle me rappelle que nos valeurs et notre conscience peuvent parfois nous amener à garder les pieds sur terre, et à devenir des personnes plus compatissantes.

Tu te souviens que j'avais reçu une bourse pour poursuivre mes études aux États-Unis ? J'ai été très déçue de ne pas avoir pu y aller. Le gouvernement américain actuel limite de plus en plus les opportunités offertes aux Gazaouis pour s'exprimer et défendre leurs droits. Après ce génocide, je suis encore plus déterminée à poursuivre mes études dans un pays qui offre non seulement une éducation de qualité, mais aussi la dignité, la sécurité, et une manière de vivre fondée sur les droits humains.

Dimitri m'a informée du projet de livre basé sur nos échanges. Je ressens une véritable excitation à l'idée de devenir autrice. Transformer ces lettres en un livre signifie qu'un public aura la chance de mieux regarder les deux côtés et leurs souffrances – sans minimiser la douleur de quiconque. Ce serait une archive vivante, préservant des événements à la fois historiques et personnels. En tant que coautrice, et avec le grand soutien de Dimitri, je suis vraiment ravie de faire partie de cette aventure avec toi, Michelle. J'espère qu'un jour on pourra dialoguer en face à face. Dans un lieu où il sera possible de nous rencontrer, comme des êtres humains égaux, avec respect et dignité.

À bientôt,

Tala

Kadima Zoran
LIBAN
SYRIE
JORDANIE
ÉGYPTE
Tel-Aviv
Jaffa
CISJORDANIE
Ramallah
Agglomération
Jérusalem
Mer
Méditerranée
ISRAËL
Gaza City
Sdérot
Jabaliya
Nweiri Hill
(poste de contrôle)
Corridor
de Netzarim
Deir al-Balah
Be'eri
Khan Younès
Réïm
Rafah
Ofakim
ÉGYPTE
0
20
40 km
LE NÉGUEV

Chronologie

7 octobre 2023 : Attaque du Hamas dans les localités israéliennes frontalières de Gaza et au sein du festival de musique Nova. Cinq mille combattants du Hamas s'infiltrent en Israël, des milliers de roquettes sont tirées sur l'État hébreu ; 1 195 Israéliens sont tués, dont 815 civils ; 251 personnes sont prises en otage [1]. Premiers bombardements israéliens sur l'enclave.

9 octobre 2023 : Le ministre de la Défense israélien, Yoav Gallant, annonce le « siège complet » de la bande de Gaza et coupe l'eau, le gaz et l'électricité.

13 octobre 2023 : L'armée israélienne émet un ordre d'évacuation pour toute la population du

1. Selon l'Agence France Presse.

nord de Gaza, estimée à environ 1,1 million de personnes [2].

27 octobre 2023 : Début de l'offensive terrestre israélienne dans Gaza.

15 novembre 2023 : Raid sur l'hôpital al-Shifa, le plus grand de Gaza, soupçonné par Israël d'être le siège d'un commandement militaire du Hamas, ce que l'organisation dément.

24-30 novembre 2023 : Trêve humanitaire de sept jours, négociée par l'entremise des États-Unis, du Qatar et de l'Égypte : 50 otages sont libérés en échange de 150 prisonniers palestiniens [3].

2 janvier 2024 : Le numéro deux du Hamas, Saleh al-Arouri, est tué au Liban.

---

2. Selon Amnesty International.
3. « Libération de 50 otages israéliens : Israël et le Hamas concluent un accord, la presse internationale divisée », *France Culture*, 22 novembre 2023, https://www.radiofrance.fr/franceculture/podcasts/la-revue-de-presse-internationale/la-revue-de-presse-internationale-emission-du-mercredi-22-novembre-2023-7302782

29 février 2024 : Cent dix-huit Palestiniens sont tués lors de tirs de l'armée israélienne durant une distribution d'aide humanitaire à Gaza City[4].

1er avril 2024 : Sept travailleurs humanitaires de l'ONG américaine World Central Kitchen sont tués dans une frappe israélienne à Gaza. Le convoi de l'ONG avait coordonné ses déplacements avec les forces israéliennes. L'armée israélienne reconnaît une erreur de ciblage, soulignant une identification erronée des véhicules comme étant liés au Hamas.

13-14 avril 2024 : L'Iran lance une attaque sans précédent contre Israël – 300 drones et missiles, presque tous interceptés par les systèmes de défense aérienne israéliens – marquant une escalade majeure dans le conflit régional. Il s'agit d'une réponse à une frappe israélienne sur le consulat iranien à Damas (Syrie) le 1er avril, qui avait tué

4. Clothilde Mraffko, « À Gaza, de nouveaux témoignages sur le "massacre de la farine" », *Le Monde*, 9 mars 2024, https://www.lemonde.fr/international/article/2024/03/09/a-gaza-de-nouveaux-temoignages-sur-le-massacre-de-la-farine_6221048_3210.html

11 personnes, dont deux généraux du Corps des gardiens de la révolution islamique d'Iran [5].

6 mai 2024 : Israël lance une offensive terrestre et aérienne majeure sur la ville de Rafah, où sont réfugiés 1,5 million de Palestiniens [6].

20 mai 2024 : La Cour pénale internationale émet un mandat d'arrêt contre Benyamin Netanyahou, Yoav Gallant, son ministre de la Défense, et trois dirigeants du Hamas. Israël rejette fermement cette décision, qu'il qualifie d'« antisémite ». Ces mandats indiquent que Benyamin Netanyahou et Yoav Gallant risquent d'être arrêtés s'ils entrent dans un État membre de la Cour pénale internationale (125 pays).

26 mai 2024 : Une frappe israélienne sur un camp de personnes déplacées à Tal al-Sultan (Rafah) tue 49 personnes, en grande majorité des

5. « Des frappes attribuées à Israël détruisent un consulat iranien en Syrie, tuant plusieurs membres des gardiens de la Révolution », *Le Monde*, 1er avril 2024, https://www.lemonde.fr/international/article/2024/04/01/des-frappes-attribuees-a-israel-detruisent-un-consulat-iranien-en-syrie-tuant-plusieurs-membres-des-gardiens-de-la-revolution_6225456_3211.html

6. Selon MSF.

femmes, des enfants et des personnes âgées, et en blesse plus de 180, après que des bombes ont déclenché un incendie. L'armée israélienne affirme avoir visé des membres du Hamas, tué deux de ses responsables et suggère qu'un stock d'armes ou de combustibles non identifié aurait provoqué une explosion secondaire [7].

8 juin 2024 : L'opération de libération de 4 otages israéliens dans le camp de Nuseirat fait 274 morts et 700 blessés gazaouis [8].

13 juillet 2024 : Pour éliminer Mohammed Deif, leader du Hamas, Israël bombarde le camp de déplacés d'al-Mawasi dans le sud de Gaza, pourtant décrété « zone sûre », et tue 90 civils [9].

---

7. Selon l'Organisation mondiale de la santé (OMS).

8. Maya-Anaïs Yataghène, « Non, ce n'est pas l'armée américaine qui a libéré les quatre otages israéliens », *France 24*, 11 juin 2024, https://www.france24.com/fr/émissions/info-ou-intox/20240611-non-ce-n-est-pas-l-armée-américaine-qui-a-libéré-les-quatre-otages-israéliens

9. Dimitri Krier, « Al-Mawasi, 13 juillet 2024 : autopsie d'un bombardement meurtrier de l'armée israélienne à Gaza », *Le Nouvel Obs*, 12 mai 2025, https://www.nouvelobs.com/monde/20250512.OBS103804/al-mawasi-13-juillet-2024-autopsie-d-un-bombardement-meurtrier-de-l-armee-israelienne-a-gaza.html

31 juillet 2024 : Assassinat d'Ismaïl Haniyeh, chef du bureau politique du Hamas, lors d'une frappe aérienne attribuée à Israël à Téhéran.

15 août 2024 : Le ministère de la Santé de Gaza annonce que plus de 41 000 Palestiniens, majoritairement des civils, sont morts depuis le 7 octobre.

1er septembre 2024 : L'armée israélienne retrouve dans un tunnel à Rafah les corps de six otages israéliens, dont Hersh Goldberg-Polin, enlevés au festival de musique Nova lors de l'attaque du Hamas le 7 octobre 2023. Les autopsies révèlent qu'ils ont été exécutés à bout portant peu de temps avant leur découverte.

23 septembre 2024 : Israël lance une vaste campagne aérienne visant des infrastructures du Hezbollah au Liban. Depuis le 7 octobre 2023, le Hezbollah, groupe paramilitaire islamiste libanais, avait ouvert un « front de soutien » à Gaza et tirait des missiles sur le nord d'Israël. L'opération israélienne affaiblit considérablement les capacités militaires du groupe islamiste chiite : 492 personnes sont tuées et 1 645 blessées en une seule journée[10]. Plus d'un million de personnes sont déplacées au Liban à la suite de cette opération[11].

27 septembre 2024 : Le chef du Hezbollah, Hassan Nasrallah, est tué dans une frappe ciblée à Beyrouth qui fait plus de 300 morts[12].

16 octobre 2024 : Yahya Sinwar, chef du Hamas à Gaza, est tué à Rafah.

3 novembre 2024 : Plus de 50 enfants sont tués en 48 heures à Gaza, dans le camp de Jabaliya[13].

15 janvier 2025 : Un cessez-le-feu est conclu entre Israël et le Hamas, mettant temporairement fin aux hostilités intenses dans la bande de Gaza.

---

10. « Frappes israéliennes au Liban-Sud et dans la Békaa : près de 500 morts et des dizaines de milliers de déplacés », *L'Orient-Le Jour*, 23 septembre 2024, https://www.lorientle-jour.com/article/1428123/israel-a-lance-une-vaste-operation-contre-des-cibles-du-hezbollah-jour-353-de-la-guerre-de-gaza.html

11. Selon l'United Nations Children's Fund (UNICEF).

12. Lorenzo Tondo, Peter Beaumont et William Christou, « Israel launches massive airstrike on Beirut in apparent bid to kill Hezbollah leader », *The Guardian*, 27 septembre 2024, https://www.theguardian.com/world/2024/sep/27/israel-air-attack-beirut-lebanon-hezbollah-hassan-nasrallah

13. Selon l'UNICEF.

L'accord a été négocié par les États-Unis, le Qatar et l'Égypte. Il entre en vigueur le 19 janvier, et prévoit la libération de 33 otages israéliens en échange d'environ 1 900 prisonniers palestiniens détenus en Israël.

20 janvier 2025 : Retour de Donald Trump à la Maison-Blanche pour un deuxième mandat après sa victoire à l'élection présidentielle de novembre 2024. Il succède à Joe Biden, président démocrate. Un mois après le début de sa présidence, en février 2025, Trump déclare que les États-Unis vont prendre le contrôle de la bande de Gaza, déplacer environ deux millions de Palestiniens vers l'Égypte ou la Jordanie, puis reconstruire la zone dévastée pour la transformer en/pour en faire une station balnéaire de luxe, une « Riviera du Moyen-Orient ». Une proposition qui a suscité un tollé international.

25 janvier 2025 : Quatre soldates israéliennes sont libérées par le Hamas après 477 jours de captivité. Leur libération est soigneusement orchestrée par le Hamas. Les quatre femmes en uniforme militaire sont exposées sur un podium à Gaza City, forcées à sourire face aux caméras.

2 mars 2025 : Le gouvernement israélien suspend l'entrée de tout approvisionnement, y compris de l'aide humanitaire, dans la bande de Gaza.

18 mars 2025 : Refusant d'appliquer la deuxième phase de l'accord, qui prévoit le retrait de ses troupes de Gaza et la libération des derniers otages israéliens, Israël rompt le cessez-le-feu en reprenant les bombardements.

23 mars 2025 : Quinze secouristes, y compris de l'UNRWA, sont tués par des tirs de Tsahal près de Rafah. Leurs corps sont retrouvés ensevelis dans le sable, une « fosse commune », selon l'ONU.

13 juin 2025 : Israël lance une attaque d'une ampleur inédite contre l'Iran. L'opération cible les principaux sites d'enrichissement nucléaire du pays, des bases militaires, ainsi que plusieurs centres névralgiques du régime islamique iranien – le quartier général du renseignement, le ministère des Affaires étrangères et la télévision d'État – et élimine le chef des Gardiens de la révolution, des membres de l'état-major iranien et des scientifiques du programme nucléaire de Téhéran.

Environ 1 060 personnes sont tuées en Iran [14]. L'Iran réplique en lançant sur Israël des centaines de missiles et de drones, provoquant la mort de 28 Israéliens [15].

21 juin 2025 : Les États-Unis de Donald Trump ordonnent le largage de 12 bombes sur trois sites nucléaires du régime islamique – frappant ainsi le sol iranien pour la première fois depuis la création de la République islamique, en 1979 [16].

24 juin 2025 : Donald Trump impose un cessez-le-feu entre Téhéran et Tel-Aviv, affirmant

---

14. « L'Iran annonce un nouveau bilan de 1 060 morts après la guerre contre Israël », *L'Orient-Le Jour*, 7 juillet 2025, https://www.lorientlejour.com/article/1468280/liran-annonce-un-nouveau-bilan-de-1060-morts-apres-la-guerre-contre-israel.html

15. « En Iran, des funérailles nationales se sont tenues pour les hauts gradés tués par Israël durant la "guerre de douze jours" », *Le Monde*, 28 juin 2025, https://www.lemonde.fr/international/article/2025/06/28/en-iran-journee-de-funerailles-nationales-pour-les-hauts-grades-tues-par-israel-durant-la-guerre-de-douze-jours_6616278_3210.html

16. « Après les frappes militaires, le test diplomatique pour Donald Trump face à l'Iran », *France Culture*, 23 juin 2025, https://www.radiofrance.fr/franceculture/podcasts/la-revue-de-presse-internationale/la-revue-de-presse-internationale-emission-du-lundi-23-juin-2025-1205786

que les capacités nucléaires et militaires de l'Iran ont été anéanties.

21 juillet 2025 : Dans la nuit du 20 au 21 juillet, des frappes israéliennes massives ont eu lieu à Deir al-Balah, l'une des seules zones de l'enclave à ne pas avoir subi des dégâts importants depuis le début de la guerre entre Israël et le Hamas. Le 21 juillet, l'armée israélienne a lancé une opération terrestre dans la ville, en envoyant des chars, un jour après avoir largué des tracts dans la zone pour ordonner à la population d'évacuer.

27 juillet 2025 : Israël annonce une pause dans les combats et autorise l'entrée d'aide humanitaire dans la bande de Gaza, après cinq mois de blocus. De nombreuses organisations internationales dénoncent ces dernières semaines une famine dans l'enclave. Cent une personnes sont mortes de faim à Gaza depuis le début de la guerre[17]. Le PAM estime qu'une personne sur trois passe désormais des journées entières sans manger à Gaza.

29 juillet 2025 : Le ministère de la Santé du Hamas annonce que le cap des 60 000 morts à Gaza depuis le 7-Octobre est franchi.

17. Selon l'ONU.

Cet ouvrage a été mis en pages par

<pixellence>

CET OUVRAGE
A ÉTÉ ACHEVÉ D'IMPRIMER
PAR L'IMPRIMERIE NORMANDIE ROTO IMPRESSION S.A.S.
À LONRAI EN SEPTEMBRE 2025

*Les Éditions Flammarion sont investies dans une démarche active
pour l'empreinte environnementale de leurs parutions.
Ainsi, le livre que vous tenez entre vos mains a été imprimé en France
sur des papiers issus de forêts gérées durablement,
par un imprimeur engagé dans la protection de l'environnement.*

N° d'édition : 677795-0. N° d'impression : 2503837
Dépôt légal : octobre 2020
Imprimé en France